AF397806

L'ALBERO DELLA MORTE

MAESTRA

CLARICE TARTUFARI

© 2023 Culturea Editions

Texte et illustration de couverture : © domaine public
Edition : Culturea (Hérault, 34)
Contact : infos@culturea.fr
Retrouvez notre catalogue sur http://culturea.fr
Imprimé en Allemagne par Books on Demand
Design typographique : Derek Murphy
Layout : Reedsy (https://reedsy.com/)

Dépôt légal : janvier 2023
Tous droits réservés pour tous pays

ISBN : 9791041841431

L'ALBERO DELLA MORTE

Germana si alzò in fretta, buttò il libro sul tavolo e si avvicinò alla finestra spalancata per vedere che cosa andava accadendo in piazza Fòro Trajano, di dove saliva uno schiamazzare di voci iraconde, sopraffacenti il rumore delle tramvie che a tutta corsa arrivavano da opposte parti e scomparivano con fragore, l'una per via Alessandrina, l'altra verso piazza Venezia.

Un gruppo di persone gesticolava fra le rotaie dei binari, una vecchia signora obesa urlava, agitando nelle mani guantate di nero un grosso mazzo di fiori; una bicicletta giaceva al suolo spezzata e il giovane ciclista, tumido in volto, mostrava in giro la canestra vuota e indicava i panini rotolati fra la polvere, forse per ispiegare ch'egli pedalava, tenendo in ispalla una cesta ricolma, quando il cagnolino della signora gli si era cacciato fra le ruote della bicicletta, facendolo ruzzolare e rimanendo schiacciato. Due guardie si precipitarono dalla discesa di via Testa Spaccata, la folla fece largo al ciclista, il quale, divorando a salti i gradini della Cordonata, dileguò per via Nazionale, mentre le guardie repertavano la bicicletta in frantumi, e la signora, tutta in lacrime, saliva in una vettura con i resti mortali del piccolo cane sventurato.

La folla, ridendo e commentando a gran voce, si sparpagliò per opposte vie, senza degnare di uno sguardo la colonna Trajana, che emergente dai rottami del Fòro, sembrava avvolta nella sua cima da labari imperiali per le fiammee nubi del tramonto, vaganti nell'aria in quel giocondo crepuscolo di maggio.

Germana rimase a lungo immota nel vano della finestra a seguire con l'occhio le accese nubi, che lentamente si assottigliarono, impallidirono, fuggirono leggere, lasciando appena sullo sfondo azzurro del cielo una traccia rosata.

La colonna si fece tetra, l'ombra salì col suo tacito flutto, sempre più denso, a lambire ed avvolgere le rovine del Fòro, le lampade ancora smorte nel chiarore opaco della luce fuggente, sembravano occhi velati di tristezza.

Allora Germana si nascose il viso nelle palme, crollando il capo desolatamente e traendosi dal petto tremuli sospiri. Un dissolvimento di tutto l'essere le fece abbandonare il busto sul davanzale ed ella riconobbe che l'orgoglio cedeva in lei, sopraffatto dal dolore e che le dolcezze del passato le facevano ressa intorno alla memoria, domandando imperiosamente di rivivere a qualunque prezzo.

Oh! riconoscer di nuovo il passo di Aldo sul tappeto della stanza, frenar di nuovo con femminea malizia palpiti e sorrisi per apparirgli distratta e vedergli in volto i segni dello sgomento, poi, all'improvviso, con una lunga, squillante risata di giubilo, volgersi a lui, rovesciare il corpo all'indietro, stendergli le mani e socchiudere le palpebre per sottrarsi all'incanto troppo forte di quella bocca piccola, dall'atteggiamento infantile, di quegli occhi umidi e languidi sotto l'arco ampio delle sopracciglia marcatissime!

In lontananza squillarono le note di una musica militare e Germana si eresse di scatto sul busto sottile, si asciugò il pianto dalle gote, e il volto delicato le assunse una espressione di rigidezza torva. Avrebbe lottato con tutto il vigore della sua volontà, con tutte le risorse della sua giovinezza; avrebbe lottato anche contro sè stessa, anche contro il proprio orgoglio, purchè il matrimonio avesse luogo all'epoca fissata. Dopo era affar suo tenersi legato Aldo e sottrarlo al fascino malefico.

Era un dovere da compiersi a beneficio di tutti; di sè, che intristiva nelle ansie torturanti della gelosia; di Aldo, che si smarriva; di Salvatore, che ogni giorno più diventava ludibrio della moglie! Era un dovere da compiersi a beneficio di tutti, e Germana tornò al suo tavolo da lavoro decisissima a troncare ogni indugio. Parlerebbe la sera stessa al fidanzato e si varrebbe della fiacca malleabilità del carattere di lui per imporglisi e trarlo, sia pure a suo dispetto, da quel viluppo di rovi; forse ella aveva ingigantito le cose, mirandole attraverso il prisma della fantasia agitata, forse l'intesa colpevole che a lei pareva di scorgere in ciascuna parola, in ciascun volger di ciglio scambiati fra Eva ed Aldo proveniva dai modi abitualmente lusinghieri di lei e dalla preoccupazione in lui costante di rendersi a tutti gradito.

Zeffira entrò, avviandosi frettolosa verso la finestra, che chiuse con fracasso e Germana, seccata, alzò la faccia dal libro

– Chi ti ha detto di chiudere? A me piace l'aria della sera.

– Già; ma la signora di là sente freddo.

La voce di Eva, morbida e piena, giunse dalla stanza attigua.

– Zeffira, e la frutta?

– Ma che cosa fa mia cognata? – domandò Germana.

– Pranza – rispose Zeffira. – Il signore è in ritardo questa sera e la signora sentiva fame.

La voce morbida e piena, indugiandosi mollemente su le vocali, giunse di nuovo:

– Zeffira, dunque?

Germana rimase, col viso appoggiato alla palma, intenta a fissare una vecchia incisione in rame, chiusa dentro una cornice nera ed appesa di fronte a lei, sulla parete. Era un dono dell'avvocato Camillo Brizzi. Dio! quanti doni faceva a sua cognata l'avvocato Camillo Brizzi! Germana volle distogliersi da tale pensiero come ci si distoglie da uno spettacolo nauseabondo; sapeva bene che, pensando all'avvocato Camillo Brizzi, alle sue visite cotidiane, a' suoi doni frequenti, alle gratificazioni vistose ch'egli largiva a Salvatore, si sarebbe ammassata in lei una grande, fosca ombra ad ottenebrare l'immagine dell'unico fratello che essa amava con riconoscenza e ch'essa voleva, disperatamente voleva, rispettare.

E perchè non avrebbe dovuto rispettarlo?

Salvatore non era forse intelligente ed attivo e non bastavano forse la sua intelligenza e la sua attività a renderlo degno del posto di fiducia a lui affidato dal Brizzi nella vasta azienda, e meritevole del largo stipendio, delle vistose gratificazioni? E se l'avvocato Brizzi veniva spesso in casa, non era egli forse l'amico di Salvatore anche prima che Salvatore sposasse Eva?

I doni? Dio mio! era forse un mezzo di sdebitarsi per i frequenti inviti a pranzo, per le cortesie, per la devozione di Salvatore, il quale dedicava allo studio dell'avvocato Brizzi tutte le proprie energie, facendolo prosperare. Questo Eva asseriva, questo ripeteva Salvatore, questo confermava Aldo, questo proclamava Zeffira e perchè dunque anche Germana non avrebbe dovuto riposarsi in una così confortevole supposizione? Crollò il capo per non più meditare e stava per alzarsi, quando Eva entrò preceduta dal fruscio delle sue vesti. Germana allora volle nuovamente assorbirsi nella lettura, ma la collera si addensava in lei, facendole velo allo sguardo, scuotendole di tremito convulso la mano. Accadeva sempre così.

Il profumo che Eva esalava intorno a sè dalle ciocche lucenti dei capelli e da ogni poro della cute bianchissima, provocava in Germana un senso di ribellione irosa, quasichè in quel profumo sottile, appena percettibile, si chiudesse l'essenza di un veleno per la cui virtù malefica ogni vigore di bontà dovesse spegnersi, ogni più salda tempra di volontà dovesse spezzarsi.

Eva si chinò amabilmente sopra la spalla della cognata e le disse:

– Smetti di sciuparti gli occhi; non diventare troppo sapiente – e, ridendo, coprì con la mano scintillante di gemme le pagine del libro.

Germana si alzò di scatto, poi si pentì del proprio impeto e rimase in piedi con la testa gettata all'indietro. I capelli biondi, dalle forti radici e rialzati in giro, davano una espressione di fierezza eroica al viso graziosamente minuto nelle fattezze e roseo delicatamente.

Eva si accostò alla parete per contemplare più da vicino le figure della vecchia incisione e Germana, immota dietro di lei, ne scrutava il volume ampio dei capelli attorcigliati, la sfilatura agile del busto, la grazia sicura dei fianchi, il bizzarro taglio della veste rossa che, scendendo a tunica di sotto le ascelle, si snodava in morbide spire sul rosso più acceso del tappeto; Germana scrutava la cognata profondamente, quasi per ricercare nella persona di lei una conferma definitiva de' suoi sospetti, ovvero qualche indizio che i sospetti annientasse.

Eva si mise a ridere, volgendo indietro la testa, mostrando la faccia, che, vista così di profilo, aveva qualche cosa di animalesco nella bocca dischiusa e carnosa, nel giro della risplendente dentatura.

– Perchè ridi? – Germana le domandò involontariamente aggressiva.

– Perchè gli uomini distesi sotto quest'albero – e indicava l'incisione – sono ridicoli. Guarda. Uno agita le braccia e le gambe come un burattino; l'altro annaspa come se volesse nuotare fra l'erba; un altro ha il codino della parrucca attorcigliato intorno al collo; un altro barcolla come ubbriaco.

– Non vedi? – Germana disse. – Quegli uomini stanno morendo e si contorcono nelle convulsioni dell'agonia.

– È vero, è vero, non lo avevo osservato ancora! Ma perchè muoiono?

– Perchè si sono distesi all'ombra di un albero velenoso. È un albero che cresce nell'isola di Giava.

– Allora sono stupidi – Eva disse ed annoiata cambiò discorso.

– Vuoi andare questa sera al teatro Nazionale? L'avvocato Brizzi mi ha promesso un palco.

– E tu? – Germana domandò, fissandola.

Eva rispose placidamente:

– Io sono stanca, e poi non capisco bene il francese e mi annoierei, mentre per te sarebbe interessante sentire in francese La Signora delle camelie.

– Grazie, non posso – Germana rispose, forzandosi di non rivelare nel suono della voce lo spasimo che le dilaniava il petto. Oh! era evidente! La cognata voleva restar sola in casa per intrattenersi con Aldo! Ma ella non asseconderebbe il giuoco.

– Se è per il tuo fidanzato che vuoi restare in casa, posso mandartelo a teatro appena arriverà.

– No, grazie – ripetè Germana. – Alle nove ho impegno qui di sopra, al terzo piano, per dare una lezione. Dovresti saperlo; oggi è lunedì.

– È giusto, non ricordavo. Si tratta di una lezione vantaggiosa, che tu non devi trascurare.

Germana le si avvicinò fremente per gridarle in faccia tutto il suo dolore, tutta la sua collera; ma dall'anticamera giunse il rumore di una porta sbattuta ed Eva esclamò gioiosa:

– Oh! finalmente, ecco Salvatore.

– Già, ecco Salvatore – disse Germana con un sospiro di rassegnazione e si lasciò cadere quasi affranta sopra una seggiola, intrecciando le mani e torcendole forte, mentre Salvatore entrava, buttando sul tavolo il cappello.

– Buona sera, Germana. Dove sta mia moglie?

Era abitualmente questa la prima domanda ch'egli faceva nell'entrare in casa.

– Dove sta mia moglie?

– Non so, era qui proprio adesso – Germana disse.

Una risata squillò di tra le pieghe della portiera.

– Dunque non sei fuggita? – Salvatore disse allegramente, e, poichè Germana voltava le spalle, egli prese la moglie nelle braccia e, furtivo, le baciò con passione i capelli odorosi.

Eva gli dette un piccolo strappo alla barba nera, si allungò sulla punta dei piedi per mordicchiargli scherzosa il lobo dell'orecchio, poi si divincolò rapida e disse con accento di rimprovero:

– Perchè un'ora di ritardo questa sera?

– Che cosa vuoi? Allo studio mi hanno soprannominato locomotiva; dunque io non posso arrivare in orario – e rise abbondantemente della propria facezia.

– Sta bene; ma io ho già pranzato. Avevo fame.

Un lampo di beatitudine brillò negli occhi lucenti di Salvatore, che si sprofondò le mani nelle tasche, simulando ira:

– Ah! Sì! Tu hai mangiato? E io? Che cosa troverò io sopra la tavola?

– Non tremare; sono stata coscienziosa. Ho divorato appena i due terzi del pranzo.

Salvatore rise di nuovo con fragore, scuotendo la moglie per le braccia e frenando la voglia di sollevarla a guisa di una bamboletta bella, poichè Germana adesso li guardava ed egli risentiva grande soggezione della sorellina, che indovinava ostile a sua moglie, ostile sopratutto alle espansioni a cui egli avrebbe voluto abbandonarsi con Eva al cospetto dell'universo, tanto gli appariva irresistibile e tanto si gloriava di amarla nell'annichilimento completo della volontà propria e della propria personalità.

– Mia moglie è una donnina piena di difetti nel fisico e nel morale – aveva egli l'abitudine di ripetere con umiltà orgogliosa. – Ha il nasetto a punta, due piccoli baffettini da studente ginnasiale; camminando fa la ruota come un pavone, parla cantando, ha tanti fori nelle piccole mani di dove il denaro fugge come l'acqua; è un vero cagnolino ringhioso quando mangia, Dio liberi stuzzicarla quando dorme, ha sempre una riserva di capriccetti costosi da soddisfare, eppure io non cederei l'unghia del suo mignolo per l'intero corpo della Venere capitolina.

Nonostante voleva che anche la sorella avesse la sua porzione di affettuosità, onde le si avvicinò e le posò la mano larga sopra la testa.

– E tu? Che cosa mi dici tu?

Che cosa avrebbe potuto dirgli Germana?

Ella si sapeva estranea, lontana dal cuore di suo fratello. Dunque rispose:

– Io? Ho aspettato che tu venissi per andare a pranzo.

– Ah! tu! Che ragazza d'oro. – Ma si capiva ch'egli era più riconoscente alla moglie di aver avuto fame e di avere mangiato che alla sorella di averlo atteso, come era più riconoscente ad Eva di spillargli danaro che alla sorella di porgergli regolarmente ogni mese un biglietto da cento lire.

Salvatore rimaneva umiliato per la fierezza di Germana quasi per una menomazione della sua dignità maschile, mentre il cuore gli si gonfiava di orgoglio, allorchè Eva con gesti di malizia gli faceva scivolare nella tasca qualche noticina da saldare.

L'avvocato Camillo Brizzi entrò come persona di famiglia, depose un fascicolo che teneva in mano e salutò col suo fare deciso di persona abituata all'ossequio; poi disse, togliendosi i guanti:

– Dunque si va a lacrimare sui vecchi malanni di Margherita Gautier?

Salvatore, che non capiva, guardò la moglie.

– Sì, sì – Eva spiegò – Questa sera, al Nazionale, una troupe francese recita la Signora delle Camelie. L'avvocato ci favorisce un palco.

– Allora, dovendo lacrimare, è prudente mettere combustibile alla macchina – Salvatore esclamò gravemente e, presa Germana per un braccio, le disse con enfasi: – Alla greppia, sorellina.

L'avvocato Camillo Brizzi sedette sul divano e attese che Eva gli sedesse accanto; ma Eva, in piedi all'angolo opposto del salotto, sfogliava un album illustrato e canticchiava sottovoce:

– Alfredo, Alfredo di questo cuore...

L'avvocato Brizzi, dopo averla contemplata a lungo coi tondi occhi a fior di testa, sentì forse di avere caldo, perchè si fece vento col fazzoletto odoroso cifrato a ricami, e, mostrando i risvolti di seta dello smoking, disse:

– Io sono già in abito da sera.

– Ah! sì? disse Eva e seguitò a canticchiare:

Non puoi comprendere qual sia l'amore...

– Non ho nemmeno finito di pranzare e ho avuto una scenata con mia moglie per essere qui prima del tempo – e l'avvocato attese, poi soggiunse:

– La scatola dei profumi ti è arrivata?

– Sì, grazie.

– Ho scelto quanto c'era di meglio – e attese di nuovo.

Eva, più che mai assorta nella contemplazione dell'album, domandò all'improvviso:

– Ma che differenza passa fra una piramide di Egitto e la piramide di Cajo Cestio?

Camillo balzò in piedi, agitando forte per ira la grossa testa ricciuta d'imperatore romano ed avvicinatosi ad Eva le disse a bassa voce, ma con brutale accento di comando:

– La differenza che passa fra un imbecille che si lascia menare per il naso – e indicò coll'occhio la porta del salotto da pranzo.

– E un imbecille che crede di menare per il naso gli altri – Eva interruppe pronta, chiudendo l'album e guardando bene in faccia l'avvocato che, ansimante per l'impeto compresso della rabbia, le impose:

– Vatti a vestire. È tardi.

– Vestire? E perchè?

– Non vorrai, immagino, presentarti così in un palco di prima fila?

– E chi ti dice che io voglia presentarmi in un palco di prima fila o di ultima?

– Allora perchè mi hai telefonato oggi chiedendomi di procurarti un palco?

– Per mia cognata. Quando recitano in francese mia cognata impara e si diverte. Almeno così dice.

– Tua cognata? Per le gentilezze che mi usa tua cognata! Alle corte, vatti a preparare.

Eva si riannodò con cura un nastro allentato della vestaglia; Camillo diventò supplice e abbassò ancora la voce:

– Non tormentarmi, Eva! Io sono fra le spine per causa tua. In famiglia ho sospetti, rimbrotti... Allo studio trascuro gli affari per occuparmi di te e sorvegliarti.

– Ah! dunque è vero che mi vai spiando? – Eva chiese, dopo avere scrutato rapida con l'occhio verso il salotto da pranzo.

Rughe di corruccio le solcavano la fronte e le concentravano in viso una espressione chiusa di volontà ribelle.

– Sì, è vero; ti sorveglio, perchè non ammetto di essere scambiato per un imbecille e guai...

Salvatore entrò, sorbendo il caffè; Eva gli mosse incontro e un velo di soavità le rese amabile lo sguardo, sorridente la bocca.

– Hai fatto così presto a mangiare?

– E già! se non ci fosse il lavorìo lungo, spesso difficile, della digestione, non varrebbe la pena di sudar dieci ore per guadagnare quello che si divora in dieci minuti. Che cosa ne pensa lei, avvocato?

Camillo accese una sigaretta.

– Sicuramente, sicuramente – ed inghiottiva il fumo per impedire che parole di violenza gli uscissero dalle labbra.

Anche Salvatore chiese ad Eva, stupito:

– Non vai a vestirti? È tardi.

– No, sono stanca e poi capisco male il francese.

– Benissimo – Salvatore disse, vuotando di un sorso la tazzina, – tu non capisci il francese; Germana, che lo capisce, ha un impegno. Allora vuol dire che l'avvocato e io ci abbandoneremo alle dolcezze di un têteàtête. Tra un gemito e l'altro di Margherita parleremo di affari – e, quantunque fosse ben certo di annoiarsi prodigiosamente, si rassegnava di buon umore per non mostrarsi incivile coll'avvocato Brizzi, che, preso al laccio, dovè attendere solo in salotto che Salvatore cambiasse di abiti e poscia andarsene col marito, scortato fino alla porta d'ingresso dalla signora, giubilante per essersi liberata di un sul colpo della legge e dell'extra.

II

Aldo Nini arrivò mezz'ora dopo e Germana, pallidissima, gli disse a capo chino:

– Bisogna che io ti parli, Aldo.

– Son qua – Aldo rispose – Che cosa vuoi dirmi?

Ella ripetè:

– Bisogna che io ti parli.

Aldo si mise a ridere per nascondere il proprio imbarazzo.

– Mi pare l'esordio di una scena madre.

– Ed è infatti un dramma, un vero dramma, Aldo, che si svolge in me.

Aldo con docilità prese posto sul divano e posò le palme sopra i ginocchi, fissando i rabeschi del tappeto. Egli odiava le complicazioni ed i lunghi discorsi; desiderava che tutti fossero contenti nella vita, a cominciare da se stesso, e gli accadeva frequentemente di trovarsi nel folto di un ginepraio per la preoccupazione appunto di evitare a sè e ad altri la più lieve scalfitura.

Allora, quando si sentiva pungere da tutte le parti, diventava crudele e, pur di liberarsi, non badava affatto se i rovi si conficcassero nelle altrui carni. Faceva pratica nello studio dell'avvocato Brizzi e si trovava alle dipendenze di Salvatore Tindari, che lo aveva presentato in famiglia. Germana gli era piaciuta; l'aveva giudicata energica, attiva, intelligente, amorosa e l'aveva chiesta in moglie, a lunga scadenza, per avere il tempo di formarsi una posizione solida; frequentando la casa assiduamente aveva, a poco a poco, trovato Eva più interessante di Germana, più facile allo scherzo, più pronta a rispondere con occhiate maliziose a maliziose interrogazioni, più ricercata nelle vesti, più molle, più duttile, e una leggera ebbrezza lo aveva vinto, constatando che la giovane signora si compiaceva arretirlo nei fili del suo fascino, adornandosi dei colori a lui preferiti, suonando la musica a lui più gradita, ascoltandolo seria quando egli parlava di cose gravi, secondandolo in ogni opinione, appoggiandosi a' suoi giudizi. E poichè egli non commetteva niente di male, poichè si limitava a una schermaglia pericolosa, ma tuttora innocente, poichè egli rimaneva fisso nel proposito di sposare Germana, o prima o poi, gli sembrava che non valesse la pena d'intragediarsi, com'egli diceva, seccato, con parola di sua invenzione. Da qualche tempo invece Germana lo intragediava senza misura nè discernimento, e ciò lo staccava da lei ogni giorno più.

– Dunque che cosa pensi di fare? – Germana domandò.

Egli, immobile e continuando a fissare il tappeto, rispose:

– Penso di restar qui un'oretta e poi andare a cena.

Germana esclamò con amarezza:

– Beato te che hai voglia di scherzare.

– No, ti sbagli e, in ogni m o d o, tu me l'avresti già fatta andar via la voglia di scherzare.

– Dunque che decisione vuoi prendere?

– A proposito di che cosa?

Germana rimase perplessa. Era strano come, parlando, le cose s'impiccolivano. Lo spasimo atroce della gelosia perdurava, ma i fantasmi della mente cambiavano di proporzioni e diventavano grotteschi.

– A proposito di me – ella disse – Non capisci che io soffro?

– Capisco che ti diverti a tormentarmi. Bada che qualche volta, a forza di parole, si fa nascere quello che non esiste.

Germana perdè la testa.

– Vedi? Vedi? Tu stesso ammetti la possibilità.

– La possibilità di che cosa?

– Di quello che tu non dici, che io non dico e che pensiamo in questo momento.

– Non ti capisco e non desidero affatto di capirti.

– Allora mi spiegherò meglio. Io soffro, divento malvagia e mi inasprisco.

– Sta bene – disse Aldo impazientito – interromperò le mie visite.

– Già, per vedervi altrove.

L'accusa era falsa, Aldo protestò impetuosamente.

– Con questi criteri tu manderesti in galera la giustizia in persona. Calunniare è disonesto.

– Tu difendi mia cognata; vedi che la difendi?

– Sì, la difendo – egli disse avanzandosi di un passo verso di lei. – Mi ripugna sentire accuse false.

– Allora tu non sai chi è quella donna! – Germana disse con passione – Oh! se tu la conoscessi bene, se tu sapessi ...

– Non so niente, non voglio saper niente.

Aldo interruppe concitato, mentre Germana rompeva in singhiozzi, piena di umiliazione e di spavento per quanto si era lasciata sfuggire dalle labbra.

– No, no, così non può durare – ella disse nel pianto. – È umiliante, è contrario alla mia dignità – ed asciugò le gote con rapido gesto, sentendo che la cognata si avvicinava.

Eva, sorridente e fresca, porse la mano al giovane, poi disse a Germana:

– La signora Gerbi ha mandato a domandare di te; sei in ritardo di un quarto d'ora per la tua lezione.

Germana prese dal tavolo una grammatica francese e si avviò verso la porta, senza nemmeno salutare; ma, sul punto di varcare la soglia, tornò indietro e, stringendo i denti con l'espressione disperata di un ferito che si strappi le bende per abbreviarsi lo strazio dell'agonia, disse al fidanzato:

– Dunque siamo intesi, Aldo. Tra noi è finito, finito per sempre. Tu perdi molto, io perdo tutto; rimango sola; ma non importa, voglio che sia così – e attese convulsa, nella speranza che il fidanzato insorgesse contro di lei, ribellandosi alla sua decisione.

Il fidanzato invece, con viso apatico e voce di forzata compunzione, rispose:

– Io non posso obbligarti a mantenere la tua parola; mi basta di essere pronto a mantenere la mia.

– No, no, tutto è finito – Germana ripetè e fuggì dal salotto come se il pavimento stesse per isprofondare. Non salì al terzo piano, perchè dalle altre stanze giunse rumore di usci aperti e rinchiusi con furia e la eco di un singhiozzare soffocato.

– Vi bisticciate sempre voialtri – disse Eva, abbandonandosi nella seggiola a dondolo e cullandosi pian piano. Il cuscino di raso giallo formava raggiera intorno ai capelli scuri ed alla faccia alabastrina, mentre di tra il volume ammassato della vestaglia rossa, i piccoli piedi facevano capolino, apparendo, scomparendo, a guisa di bimbi allegri e maliziosi.

Aldo la contemplava e non sapeva se andarsene o mettersi a sedere; Eva lo sbirciò con espressione di pietà canzonatoria.

– Lei mi sembra don Bartolo; sembra una statua.

Aldo si mise a ridere per darsi contegno.

– Capirà, dopo simili burrasche.

– Collere d'innamorati, acquazzoni di agosto – disse Eva – Il sereno torna subito.

– No, è finito: Germana lo ha dichiarato ed io sottoscrivo.

– Ma perchè questa catastrofe? – Eva domandò, tenendo il mento inchiodato sul petto per nascondere il lampeggio delle mobili pupille.

– Per chimere.

– È gelosa?

– Pare.

– Di chi è gelosa?

Aldo le sedette accanto.

– Di tutto, di tutte. Dà corpo alle ombre.

Eva si girò sopra un fianco con l'atto di una serpe che si snodi al sole e, facendo con le dita un lieve cenno di richiamo verso Aldo, bisbigliò scherzosamente misteriosa:

– Pst! Pst! senta; voglio confidarle un secreto.

Aldo piegò il busto per accostarle al viso l'orecchio ed ella mormorò con una risatina lunga, velata:

– È gelosa di me – poi, rapida, tornò a ricollocarsi supina e ricominciò a dondolarsi:

– Non è così?

– È proprio così.

– Lei doveva giurarglielo che noi siamo limpidi come due bicchieri d'acqua pura.

– Non mi ha creduto.

– Allora doveva convincerla, dimostrandole ch'essa è più bella, più giovane, più intelligente, più istruita, più buona di me.

Aldo crollò il capo:

– Perchè tante bugie?

– Bugie? – esclamò Eva, sollevandosi un poco. – Allora significa che lei non ha occhi per vedere. Ci confronti bene e si convincerà. Mia cognata è più alta, più snella di me; ha le fattezze più delicate; guadagna con le sue lezioni lo stipendio di un uomo, non è civetta, mentre io... Ho più difetti che capelli, sa.

– Può darsi che quanto lei dice sia vero – Aldo rispose con un sospiro – Può darsi che lei sia un campionario vivente di tutti i difetti umani; ma allora mi spieghi... – ed esitò, preso da un turbamento così forte che le mani gli tremavano e una nube punteggiata di bagliori scendeva a confondergli intorno gli oggetti.

– Avanti prosegua. Che cosa dovrei spiegare? – la signora interrogò, anch'ella turbata, anch'ella arretita da un fascino più potente della sua vigile civetteria.

– Mi spieghi come, non ostante tanti difetti, lei riesca a farsi adorare, lei sembri buona fra le buone, bella fra le belle. Vede? Quella poverina di là si sta martoriando per causa mia. Ebbene, è assurdo, è malvagio, ma io non ne provo nessuna pietà, mentre se lei piangesse, mi pare che darei la mia vita per consolarla.

Eva disse con voce indugiante, soavissima:

– Bambino, bambino, lei è un vero bambino – e lo dissolveva di dolcezza col tremolio delle pupille natanti per languore.

Si udì il campanello della porta d'ingresso chiamare con rullìo breve, imperioso. Entrambi sorsero in piedi, pronti, ed Aldo prese in fretta il cappello.

– Non perda il sonno, non si disperi; tutto si accomoderà – Eva disse a voce ben alta, acciocchè nell'anticamera si udissero le sue parole.

– Tante grazie, Signora – Aldo rispose, anch'egli alzando molto la voce, ed uscì dal salotto, in quella appunto che l'avvocato Brizzi entrava, scusandosi:

– Ho dimenticato qui un fascicolo importante. Mi sono permesso di venirlo a riprendere fra un atto e l'altro.

I due avvocati si scambiarono un saluto eccessivamente cerimonioso e breve; poscia Aldo se ne andò, la porta fu chiusa ed Eva, prendendo dalla mensola il fascicolo della rivista, lo gettò sul tavolo davanti a Camillo.

– Ecco il fascicolo dimenticato per avere una scusa di tornare. Non è una trovata originale, ma riesce ugualmente.

– Riesce perchè ti conosco. Avevo la certezza di sorprenderti con quell'imbecille.

Eva rimase in piedi per obbligar l'avvocato Brizzi ad abbreviare la sua visita; ma egli si buttò a sedere sul divano e si strappò i guanti, lacerandoli. Soffocava, i baffi rossi, arricciati a punta, tremavano al soffio affannoso del suo respiro, i folti riccioli impomatati serbavano in giro la traccia del cappello, certo calzato in testa poc'anzi con furore. Trasse di tasca il fazzoletto e si asciugò la fronte madida. Finalmente disse:

– Avevo la sicurezza di trovarvi soli. Ti sei incapricciata di lui; è chiaro. – Un piccolo sbadiglio dischiuse appena la bocca di Eva e la bocca somigliò al frutto maturo del melograno.

Camillo balzò in piedi al colmo della esasperazione:

– Tu sbadigli?

– Oh Dio! te ne chiedo scusa; ma è tardi, ho sonno.

– Sei una perfetta incosciente. Porti il disastro intorno a te e nemmeno te ne dai per intesa.

Ella interruppe con accento di fastidio

– Somigli a mia cognata con i tuoi paroloni.

– Già, mi servo dei paroloni di tua cognata, perchè soffriamo della stessa pena. Siamo gelosi; vediamo, non siamo ciechi come tuo marito. Oh! il cretino! Ma finirò col restituirgli la vista io!

La persona di Eva dette un guizzo; ella si eresse minacciosa sul busto, il viso bianco divenne più bianco e il profilo diventò tagliente.

– Mio marito lascialo stare; non voglio che soffra.

– Quanta tenerezza – Camillo disse, beffardo, – Ingannalo meno allora.

– Lo inganno, ma lo stimo; lo inganno, ma voglio la sua pace – ella esclamò con appassionato impeto sincero – È migliore di tutti noi; è il solo che mi ami per me stessa. Quando ti vedo accanto a lui ti odio e ti disprezzo; quando ride e mi guarda vorrei che mi battesse tanto mi sento indegna. Maltrattami dunque e sorvegliami, purchè mio marito rimanga nella sua pace.

– È naturale, si spiega. La sua pace è la tua – Camillo disse, abbottonandosi il soprabito; poi sbottonandoselo subito di nuovo.

Eva si strinse nelle spalle.

– Non puoi capirmi tu.

– Oh! ti sbagli; anzi ti capisco benissimo. La tranquillità è un tesoro. So io quanto valga; io che l'ho perduta per causa tua. La mia casa è un inferno. Lacrime, sospetti, controlli sul danaro, che entra e che esce! Un inferno, ti dico! Ho il mio secondo bambino con la febbre e questa sera non ho aspettato nemmeno il medico per correre qui nella paura che l'altro ci fosse. Mi hai avvelenato l'esistenza.

Ella rispose pacata:

– Hai torto di accusare me se il veleno ti piace. Perchè trascuri la tua famiglia e ti occupi dei fatti miei? Per il tuo piacere. Siete originali voi uomini! Cercate, pagandolo a caro prezzo, il vostro danno e poi vi lamentate. Come l'ubbriaco che inveisce contro la bottiglia dopo averla vuotata. –

Il Brizzi la guardava con occhio di spavento, mentre essa diceva queste cose con ironia placida, facendosi girare intorno al polso il sottile braccialetto d'oro, indugiandosi a lungo con la voce sopra le sillabe, ridendo a scatti con risatine brevi, consapevole della sua onnipotenza, orgogliosa di strapparsi d'attorno il velo d'ogni illusione per mostrarsi nella sua nudità morale e farsi accettare così com'ella era, tanto più dispotica quanto più l'abiezione altrui le appariva incurabile ed evidente. L'avvocato Brizzi, guardandola, ascoltandola, aveva creduto ascoltare il grido della sua propria coscienza, ond'ebbe un lampo di lucidezza e di volontà. Prese il cappello per andarsene, decisissimo a non più tornare.

– Buona notte – egli disse.

– Così mi lasci? – Eva mormorò, improvvisamente dolce e umile – Hai il coraggio di lasciarmi così? – e gli posò le mani sopra le spalle, gettando indietro la testa, mostrandogli nel riso breve la freschezza delle gengive.

Camillo tentò svincolarsi con furia brutale – No, lasciami. Hai ragione tu; non bisogna ubbriacarsi.

– Sciocco – ella disse. – Ama la tua donnina e non pensare ad altro.

– Ma quel ragazzaccio? – egli chiese con ansia rinnovata.

– Sciocco, sei sciocco – ella ripetè, crollando il capo.

– Giurami che non mi tradisci.

– Ti giuro di no, quantunque tu meriteresti che fosse.

– Ti aspetterò domani. Verrai?

– Forse.

– Verrai?

– Forse.

Lo sospinse adagio fuori del salotto e tutta soavità, tutta sorrisi, attese nell'anticamera che la porta gli si richiudesse finalmente dietro le spalle.

III.

Di solito i giovani degli avvocati sono vecchi, eppure Giuseppe era giovane, ma di una giovinezza così meschina e cauta, così povera di vita, così impacciata e vincolata di timori che nello studio lo chiamavano Giuseppe di Arimatea, quantunque egli non possedesse nè balsami, nè lini; anzi di lini doveva soffrire tormentosa penuria a giudicarne almeno dalla parsimonia del goletto, appena visibile, e dalla bianchezza equivoca dei polsini alquanto sfilacciati. In compenso egli abbondava nel soprabito, di cui le falde gli scendevano fin sotto i polpacci, e abbondava sopratutto nei pantaloni, che dopo essersi accartocciati sul ventre in molteplici pieghe, si gonfiavano a guisa di palloni intorno ai ginocchi e scendevano ad ammucchiarsi sul davanti delle scarpe.

Il buon Giuseppe si ritirava, si raggrinzava, si teneva chiuso dentro i suoi panni, come una lumaca dentro il suo guscio, ed assumeva veramente l'aspetto di una lumaca quando, chiamato a suon di campanello elettrico dal signor principale, spingeva e ritraeva con piccoli guizzi la testa di tra il pertugio dell'uscio socchiuso.

Nella stanza d'ingresso, attraverso un'ampia vetrata di cristalli opachi, il sole formava una larga striscia luminosa piena di atomi turbinanti e la striscia lambiva gli orli del tavolo dinanzi a cui Giuseppe stava seduto e gli atomi turbinavano intorno all'attaccapanni di mogano dove molti cappelli stavano appesi. In mezzo all'odore umidiccio delle vecchie carte ammassate negli scaffali, un odore indistinto circolava; forse la traccia di qualche mazzolino di viole portate all'occhiello da qualche cliente, forse il soffio vagante della primavera che, piena di vezzi e malizie, spingeva l'alito odoroso fino tra i tarli delle carte ingiallite, fin dentro le nari del povero Giuseppe di Arimatea.

Nonpertanto tutte le stanze dello studio erano immerse in silenzio glaciale e la penna tremava nelle dita contratte di Giuseppe.

L'avvocato Brizzi era entrato poco prima gelido e vorticoso come vento di tramontana. La sua voce incollerita aveva echeggiato dall'una all'altra stanza ed egli si era chiuso nel proprio gabinetto, sbattendo l'uscio così forte che i cristalli delle finestre avevano tinnito lungamente. Al suo passaggio tempestoso Giuseppe si era alzato in piedi e, poichè doveva trasmettergli un'ambasciata di urgenza, aveva tentato di balbettare:

– Scusi tanto, signor avvocato... – ma il signor avvocato, girando verso di lui con minaccia que' suoi occhi tondi a fior di testa, aveva gridato:

– Niente, niente, non voglio sentir niente – e Giuseppe era rimasto con le spalle curve come per evitare gl'impeti di una raffica. A ogni modo bisognava decidersi; la signora in persona era salita poc'anzi in cerca di suo marito.

– Me lo mandi a casa immediatamente, appena torna – aveva ripetuto due o tre volte la Signora affannosamente e intanto Giuseppe rimaneva lì in piedi a guardare la striscia luminosa con occhio di ebete. Dopo lunghi sospiri e camminando sulla punta dei piedi, egli andò a picchiare cautamente alla porta del signor direttore, poscia entrò, rimanendo presso la soglia per prudenza e discrezione.

L'avvocato Brizzi, seduto davanti alla scrivania, teneva all'orecchio il tubo del telefono e ascoltava con impazienza irosa.

– Se un consulto ti pare necessario, si faccia... No, non mi hanno detto niente. Sta bene; fra poco verrò, dal momento che per una febbre tu metti l'universo a soqquadro – e, tolta la comunicazione, si rivolse a Giuseppe con viso di basilisco.

– Come? La mia signora viene qui a cercarmi e lei non me lo dice?

– Ma io, signor avvocato...

– Lei non fa il suo dovere; nessuno fa il suo dovere qui dentro...

– Sissignore, ma io, quando lei è entrato.

– Ma che entrato, ma che uscito. Lei sta a quel posto per trasmettere le ambasciate.

– Sissignore, ma lei quando è entrato...

Camillo Brizzi stava per investire con parole violente il disgraziato giovane di studio, ma si contenne a tempo, comprendendo che si sarebbe coperto di ridicolo. Cominciò a frugare, senza ragione, fra lettere e carte, poi domandò con voce dove l'ansia, quantunque dominata, vibrava:

– L'avvocato Nini è all'ufficio?

– Non saprei – Giuseppe rispose, facendosi più umile e indietreggiando, a ogni risposta, di un passo verso l'uscita.

– Non saprei, signor avvocato...

– Ebbene, me lo mandi subito.

L'avvocato Nini non c'era e Giuseppe, ricomparendo annunziò:

– Nossignore, l'avvocato Nini non è ancora venuto all'ufficio.

Parve che la terra si inabissasse. L'avvocato Brizzi guardò intorno con pupille dilatate, il respiro gli divenne breve, un'onda porporina gli coperse la fronte, e le nari gli si gonfiarono smisuratamente; poi, osservando che il giovane di studio lo contemplava con occhi di stupore e spavento, tentò nascondere sotto le apparenze della collera gli spasimi della furente gelosia. Battè col pugno sul tavolo e balzò in piedi.

– Non c'è? Come? Non c'è? L'orario a che cosa serve? Questa è una baraonda, una baraonda – e adunò, poi sparpagliò il mucchio delle carte ammassate. Piccole nubi di polvere si sollevarono; il ferma carte di cristallo sfaccettato, sospinto con furia, andò a immergersi nella luminosità di un raggio di sole e mandò faville a guisa di metallo incandescente.

All'avvocato Brizzi parve che in ogni sfaccettatura brillasse il tremolio di una pupilla malvagia e schernitrice. Credeva d'impazzire.

– Eccolo, eccolo – gridò Giuseppe con voce gioiosa, scorgendo di tra il battente semiaperto l'avvocato Nini, che attraversava in fretta l'anticamera.

– Eccolo – e, chiamato il Nini, lo guardò fisso, inarcando le ciglia, stringendo forte la bocca per indicargli burrasca e si dileguò, richiudendo la porta con mille cautele.

I due si trovarono di fronte. Onde invisibili di elettricità solcavano l'atmosfera. Le finestre erano chiuse, le cortine abbassate, quattro seggiole di sagoma massiccia, in linea presso la parete, assumevano aspetto quasi cogitabondo nella grave loro immobilità meditativa. Qualche cosa di animalesco tremava nelle tozze dita dell'avvocato Brizzi, contratte a foggia di artigli; qualche cosa di animalesco tremava intorno alla rosea bocca dell'avvocato Nini, il quale protendeva la faccia in avanti nell'atteggiamento di fiutare una preda.

L'istinto irrompeva, spezzando i lacci di ogni convenzionalità sociale, ed essi smarrivano la coscienza della individualità loro e dell'ambiente per indietreggiare fino alle sorgenti iniziali e generiche delle umane passioni. Non si erano scambiati una parola e si erano intesi, non si muovevano, vinti da rigidità, eppure sentivano quasi nelle loro carni il bruciore delle lacerazioni che l'uno infliggeva all'altro mentalmente col desiderio ardentissimo dell'odio. In certe situazioni gli abissi dell'anima si spalancano e mostrano il fondo.

– Lei è un miserabile, un miserabile – disse l'avvocato Brizzi con voce ardente e bassa.

– Meno di lei – l'avvocato Nini rispose, muovendo appena le labbra sbiancate.

– Dov'è stato fino adesso? Con chi è stato? – il Brizzi domandò, protendendosi.

Il Nini anche lui si curvò.

– Diventa pazzo lei!

Eva, quantunque assente, giganteggiava, empiva di sè la stanza, empiva di sè i petti agitati di que' due uomini, lanciava nel cervello del Brizzi i germi della follia, accendeva nel cuore del Nini la fiamma distruggitrice di una passione ancora latente e quasi ignara.

Salvatore Tindari entrò da un uscio interno, tenendo in mano larghi fogli di carta bollata. La giacca d'ufficio gonfia nelle tasche laterali pel volume di parecchi fazzoletti, si apriva, sul panciotto chiaro, a fantasia, e il bottoncino d'oro dello sparato brillava incerto di tra il fluttuare del nero barbone. Salvatore era infreddato maledettamente e gli occhi apparivano turgidi, rossi, come sbattuti dal pianto; invece egli rideva del suo riso placidamente bonario.

– Ecco – disse – queste sono comparse che bisogna firmare subito – e depose in ordine i fogli sopra la scrivania.

Il Brizzi ed il Nini si erano ripresi e rimanevano di fronte in atteggiamento ostile, ma corretto. Il Brizzi dette ai fogli bollati uno sguardo rapido e indifferente, poi disse al Nini:

– Allora è convenuto; lei passi all'amministrazione e si faccia liquidare l'onorario che le spetta.

– Grazie, glielo regalo. Una simile galera si ritrova dovunque – il Nini rispose e, prima di uscire, si mise il cappello con mossa decisa per significare che abbandonava lo studio immediatamente.

Il Tindari, che non ci capiva nulla, si soffiò tre volte il naso, a intervalli, poi domandò:

– Che cosa va succedendo?

– Va succedendo che io sono il padrone e che qui dentro io solo comando.

Salvatore si mise a ridere e si ricacciò in tasca il fazzoletto.

– Le solite sue sfuriate! Anche questa volta farò da paciere e buona notte.

Il Tindari infatti si era assunta la missione di cuscinetto fra l'avvocato e il personale.

Quando il Brizzi, un violento pletorico, scagliava licenziamenti all'impazzata, Salvatore con una parolina a destra, un amichevole suggerimento a sinistra, raggiustava le cose, tantochè si era convenuto nello studio di non considerare definitive le decisioni del principale fino a quando il Tindari, con rassegnato stringersi delle spalle, indicava che non c'era più altro da tentare.

– È fiacchetto, ma intelligente – Salvatore disse. – D'altronde si formerà. Non dubiti che ci penserò io.

– Lei? – il Brizzi esclamò con una risata amara che gli squassò tutta la persona. – Proprio lei? – e troncò di scatto il suo ridere come preso da pentimento e terrore.

– Che cosa c'è di strano? l'altro chiese con meraviglia ancora tranquilla. – Per un sì, per un no lei mi licenzia il personale! Un po' di calma, un po' d'indulgenza, che diamine!

Il Brizzi intanto pensava che, allontanando il Nini, si era privato del mezzo di sorvegliarlo durante le ore di ufficio, ossia durante le ore appunto in cui Eva poteva disporre di sè con tranquillità.

E quell'imbecille di marito che non capiva niente, non sospettava niente, che rimaneva lì a sciorinargli davanti con flemma metodica il fazzoletto bianco di batista. Dal fazzoletto un profumo esalò; il profumo di lei, della sua cute. Nubi sanguigne gli avvolsero allora il cervello, fiotti di collera gli salirono alle labbra irrefrenabilmente:

– Lei mi fa ridere con la sua calma! Tocca proprio a lei consigliarmi indulgenza in queste circostanze. Ma non capisce che è per lei, per il suo decoro che io agisco? – e di nuovo s'interruppe.

Il Tindari sospettò qualchecosa e pensò alla sorella.

– Si tratta forse di Germana? Io non so nulla. A casa mia la parola d'ordine è di lasciarmi tranquillo. Mi dica, mi faccia il piacere. Hanno forse prorogato l'epoca del matrimonio? Non sarebbe un disastro, dopo tutto.

Il telefono sulla scrivania suonò con furore ed a quel suono aspro l'irritazione dei Brizzi raggiunse il parossismo.

– Di qual matrimonio va parlando lei? Dunque spetta a me informarla dei fatti della sua famiglia? Il matrimonio è andato all'aria, sua sorella non vuol più servire da paravento, ed ha ragione.

Salvatore si prese la barba e la strinse tutta nella mano.

– Dica, dica, avvocato. Mi dica pure – egli ripeteva con flemma riflessiva, come se andasse ricercando il senso nascosto nelle parole del Brizzi.

Il campanello suonava ininterrotto, la mano di Salvatore andava con lentezza dal mento all'estremità della barba; quel suono, quella cosa bianca e viva strisciante su quel nero viluppo, davano al Brizzi un senso di vertigine.

– Guardi, cerchi, frughi intorno, e vedrà, capirà. Perchè dovrei aprirle gli occhi io dal momento che lei non ama la luce? – e si portò con gesto di violenza all'orecchio il tubo del telefono.

– Sì, sì, vengo; ho detto di sì, perdio!

Salvatore aveva fatto della barba un torciglione, che andava mordicchiando. Allorchè il Brizzi ebbe tolta la comunicazione telefonica, Salvatore si pose le mani nelle tasche dei pantaloni e disse con voce che gli tremava:

– Adesso mi faccia il piacere di spiegarsi chiaro – e poichè l'altro taceva, egli insistè con più forza.

– Lei mi è amico da anni; dunque mi faccia il piacere di spiegarsi chiaro.

– Non ho niente da spiegare – il Brizzi rispose ruvido, già pentito.

Tacquero a lungo, senza guardarsi, poi Salvatore, livido in volto, cogli occhi approfonditi dentro le orbite, disse:

– Ha ragione; lei mi ha spiegato anche troppo. Germana serviva da paravento, sicuro.

– Non dia peso alle mie parole; sa bene, io sono impulsivo.

Il Tindari, che batteva i denti come per febbre, disse quasi con dolcezza:

– Anzi io la ringrazio; creda, la ringrazio. Ero un uomo cieco! Ma adesso è un altro affare.

– Per carità, rifletta bene prima di agire – l'altro supplicò spaventato.

– Adesso io vedo tutto. Non ho bisogno di riflettere. Vedo, vedo. – E riprendendo con fare di automa le carte che il Brizzi non aveva firmato, uscì dalla stanza, mentre Camillo annichilito cercava intorno con lo sguardo se gli fosse possibile ritrovare tangibilmente le proprie parole e riafferrarle; ma le parole erano volate, disseminando una irrimediabile devastazione.

IV

Germana spalancò la finestra della sua piccola stanza per bagnarsi al sole e sentirsi rinascere. La sera innanzi al buio, rannicchiata sotto le coltri per farsi piccina e sentir meno il suo dolore, aveva creduto e invocato di morire; ma col tornare della luce un soffio di eroismo era entrato in lei, sollevandola al disopra della propria disperazione che, veduta così dall'alto, le era apparsa misera e deforme. A che cosa le serviva di essersi temprata sotto il maglio della volontà, se la passione riusciva così a travolgerla? No, voleva salvarsi, voleva che la ferita, ora aperta e sanguinante, da cui tutto il sangue delle sue vene pareva scorrere, si restringesse a poco a poco, si rimarginasse e la cicatrice restasse in lei come il segno di una suprema battaglia affrontata, e di una vittoria eccelsa conseguita.

Già riportava il premio del coraggio dimostrato la sera innanzi; il dolore cocente le maciullava tuttavia le carni; ma l'umiliazione se n'era andata e la malvagità non più le snodava in petto gli anelli freddi di piccoli rettili velenosi. Di fronte alla disperazione la giovinezza, circonfusa di raggi, sarebbe insorta a combattere ed il passato fosco si sarebbe sommerso a foggia di scoglio, che scompare agli occhi del navigante ardito, il quale superate le insidie dei vortici, si lancia alla conquista dello spazio, pronto a sfidare nuovi pericoli, pur di tentare l'approdo su lidi nuovi. Ma bisognava fuggire senza indugio, bisognava diffidare di sè. Per questo, dietro la scorta di un annunzio, era corsa all'albergo Exelsior ed aveva assunto impegno definitivo di recarsi a Shanghai, in qualità d'istitutrice, presso una ricca famiglia di commercianti milanesi. E adesso, immersa nel sole, si stringeva al petto le mani intrecciate, per trasfondersi vigore, e contemplava la colonna Traiana, che sotto la fissità del suo sguardo, sembrava innalzarsi lentamente per attingere il cielo, simile all'albero maestro di una nave prodigiosa solcante la vastità dell'azzurro.

La voce di Eva, morbida e piana, risuonò dall'attiguo salottino.

– Zeffira, preparami una limonata; ho sete.

Germana ebbe un brivido. Bisognava fuggire, bisognava fuggire se anch'ella, come gli altri, non voleva morire all'ombra dell'albero venefico, il quale non tollera nelle sue vicinanze nè vita di esseri, nè vegetazione di piante.

Eva la chiamò:

– Germana, Germana!

La ragazza si tolse il cappello e, opponendosi con la volontà agl'impeti del sangue in tumulto, rispose alla cognata entrando in salotto:

– Che cosa vuoi?

Eva la guardò stupita e le disse con sollecitudine sincera;

– Come sei pallida! Ti senti male?

– No, no, grazie. Ma che vuoi?

– Guarda; ti piace? – e spiegò una ciarpa frangiata di seta bianca ricchissima.

– Sì, è bella – Germana disse.

– Prendila, ne ho comperate due. Questa è per te.

Germana dette un guizzo all'indietro.

Di solito ella rifiutava i doni frequenti della cognata; li rifiutava con ira e disgusto; ma quel giorno volle imporsi di accettare per reazione contro la collera da cui si sentiva vincere, forse per la voluttà di assaporare sino alla feccia il calice del suo martirio. Allungò il braccio, prese la stoffa ondeggiante e disse con labbra contratte:

– Grazie.

Una contentezza infantile brillò sul viso bianco di Eva, la quale abbracciò la cognata con espansione.

– Sei gentile oggi, molto gentile – e la baciò sopra le gote, mentre Germana sentendosi agghiacciare, torceva lentamente il capo e chiudeva le palpebre.

Zeffira dalla porta disse:

– Ecco il signor avvocato.

– Quale avvocato? – Eva domandò.

– Il signor Salvatore. L'ho visto dalla finestra che arrivava in fretta.

– A quest'ora? – Eva esclamò con meraviglia e si recò ad aprirgli ella stessa.

Salvatore entrò difilato nel salotto e, vedendo Germana, le impose con fare insolito:

– Vai di là; devo parlare con mia moglie.

Germana uscì e Salvatore si lasciò cadere sul divano, forse per riprendere fiato, giacchè doveva essersi recato a casa a tutta corsa, tanto il respiro gli mancava.

– Che cosa ti è successo? – Eva gli domandò premurosa, appoggiandogli una mano sopra una spalla.

Salvatore sollevò le spalle con violenza per liberarsi dalla pressione, pur così dolce, di quella piccola mano gemmata e si mise due dita fra la gola e il goletto. Voleva parlare, interrogare, gridare, vituperare e non riusciva a staccarsi una sillaba dal palato.

Eva, presa da spavento, temendo un colpo di apoplessia, si avviò per chiamare Germana; ma Salvatore balzò come una tigre, l'afferrò per le spalle, la buttò riversa sul divano e, formidabile, le impose con la muta espressione delle ciglia di rimanere immobile e zitta.

– Misericordia! È impazzito! – Eva pensò e non osava tentare il più piccolo moto per divincolarsi dalla stretta di quelle dita che la tenevano inchiodata e riversa. Lo fissava con pupille dilatate, ipnotizzata dal viso irriconoscibile del marito, poichè il naso gonfio, gli occhi lagrimosi pel raffreddore mischiavano di grottesco la terribilità degli zigomi sporgenti, della fronte convessa, delle mascelle contratte, della bocca screpolata e arida fra le ciocche della barba scomposta. Si guardavano stupidamente, quasi fossero due estranei meravigliati di trovarsi insieme, e infatti si riscontravano a vicenda una fisonomia nuova, rivelazione in ciascuno di loro di una personalità intrinseca da entrambi non sospettata durante anni di convivenza. Ella scorgeva adesso un gigante bruto al posto del suo pacifico e bonario compagno; egli scorgeva un essere ibrido e viscido al posto dell'adorata divinità, eppure, sprofondando le pupille accese nelle smarrite pupille di lei, premendole con le dita adunche la massa cedevole delle carni, provava dalla nuca ai calcagni il diffondersi di un leggerissimo calore, che lo dissolveva. Questo raddoppiò la sua collera.

– Voglio sapere tutto o ti ammazzo.

– Di che? – ella chiese tentando sollevarsi col busto.

– Non ti muovere — egli comandò. – Voglio saper tutto.

– Ma di che? – Eva chiese ancora con voce di pianto.

– Che cosa facevi con Aldo?

– Io? Quando?

– Sempre.

– Ma quando?

– Sempre; da mesi.

– Non è vero, non è vero – ella esclamò, divincolandosi con forza, poichè cominciava a raccapezzarsi.

– Bugiarda, sta ferma.

– Non è vero.

Salvatore gustò per ogni vena la voluttà di un benessere immenso; rallentò la stretta ed Eva si alzò indignata.

– Per questo ti riduci così che mi sembri pazzo furioso?

Egli si lasciò cadere senza più forze sopra una seggiola; i ginocchi gli si piegavano per l'impeto della commozione suscitata in lui dalla speranza.

– Dunque tu giuri che non è vero? – le domandò supplice, già quasi vinto.

Eva nemmeno gli rispose; la collera le divampava in petto col furore di un incendio. Aveva le braccia ammaccate, le vesti sgualcite, il torace indolenzito, le reni quasi spezzate, il sangue sospeso per il terrore, il cuore impietrito per un pericolo di morte e tutto questo a causa di fanciullagini insignificanti.

Era atroce, era una ingiustizia ignobile che la rivoltava.

– Sei stato sul punto di ammazzarmi, capisci? Sei stato sul punto di finirmi – e, camminando in furia dalla finestra al divano, si accarezzava amorosamente le braccia, si palpava ansiosa per constatare che nulla in lei fosse distrutto.

Salvatore l'afferrò per un lembo della gonna e se la trasse accanto riluttante e torva.

– Senti, senti, Eva. Ho creduto d'impazzire. Ma adesso vedo che hai ragione tu. La verità è sulla tua faccia.

Eva lo guardò con lo sguardo tuttavia intimorito e già dominatore del bimbo, il quale veda ammansata la grossa bestia, che poco prima lo aveva fatto urlare di spavento.

A poco a poco le ciglia aggrottate si spianarono, la bocca si dischiuse ad un sorriso d'ironico trionfo. Il vedersi amata così la inorgogliva. Da incriminata diventò giudice ed a sua volta interrogò, diritta davanti al marito seduto, tenendolo sottomesso con la sola forza delle fragili dita posate appena sopra le spalle atletiche.

– È stato lui, non è vero, a mettertelo in testa?

– Chi lui? – Salvatore domandò, alzandole contro la faccia.

Essa ebbe un moto d'impazienza col piede.

– Sì, sì, non mentire; è stato lui, lui, quel bugiardo, quel miserabile.

– Perchè dici così? – domandò Salvatore incerto, come chi, camminando al buio in una grotta, senta ventarsi in faccia un soffio gelido e rimanga col piede sospeso nel presentimento di una voragine ignorata.

– Perchè è un bugiardo, perchè è un miserabile. Glielo dissi ieri sera.

Salvatore, senza nemmeno tirare il respiro, attendeva. Oramai l'esistenza della voragine diventava certezza; ne percepiva il rombo sordo, ma non giungeva ancora a misurarne la profondità. Si fece astuto e rise bonariamente.

– Ah! glielo hai detto ieri sera? Mentre io ero a teatro?

– Già, quando tu eri a teatro.

– Durante il terzo atto allora; uscì dal palco con la scusa di andare in casa un momento per vedere il bambino.

– Bugiardo! Vedi quant'è bugiardo?

Salvatore la prese per i polsi dolcemente e, sempre più benevolo, faceva atto di ridere con volto tranquillo, poichè voleva giungere carponi, strisciando con mille cautele, fino all'orlo dell'abisso, e scrutarlo almeno, avanti di rimanerne inghiottito.

– Ah! dunque tu lo credi un bugiardo? – egli le chiese.

– Bugiardo, falso, egoista, ipocrita. Ah! tu non lo conosci – e strinse i pugni.

Salvatore glieli prese, così stretti, nelle mani e se li chiuse dentro le palme pian pianino per tenerla avvinta senza darle sospetto.

– Adesso capisco! È ipocrita. Con me fa il santo.

– Già, con te fa il santo; con me invece sfodera le unghie e mi tiene schiava.

Salvatore ebbe una risata sonora di scherno e squassò Eva, come preso da un accesso di allegria.

Anche Eva si dette a ridere, buttandosi indietro col busto, poi si ripiegò in avanti con mossa felina e, curva sopra di lui, gli bisbigliò lusinghiera, tutta rosea nel volto e luccicante negli occhi.

– Ma lui sa che il mio cuore è tutto per te e si rode, si consuma; ha rabbia della nostra pace e vuole il tuo male. Anche ieri sera mi disse: io aprirò gli occhi a tuo marito – e si arrestò di schianto, diventò livida al suono delle sue parole, che produssero in mezzo a quei due l'effetto di una frana improvvisa e scrosciante.

Salvatore si aggrappò con impeto disperato ai piccoli pugni chiusi di Eva, come per non precipitare; Eva indietreggiò quasi per non rimanere schiacciata sotto il cumulo delle macerie e così divisi, quantunque allacciati, si fissarono storditi, indugiando a riaversi.

Ma quando la coscienza in essi tornò si erano compresi definitivamente. Egli non aveva più nulla da chiedere; ella non aveva più nulla da confessare.

Salvatore si alzò con mossa faticosa come liberandosi a fatica da un peso immane; Eva a capo chino, senza più energia per mentire o lottare, attendeva.

– Da quanto tempo? – egli chiese.

– Da quattro anni.

– Poco dopo sposati allora?

Eva chinò il capo di più e inchiodò il mento sul petto.

– E regali ogni giorno, è vero?

Volse la testa in giro, gli occhi iniettati schizzarono fiamme, perchè la rabbia cieca e folle lo riprendeva. Afferrò un vaso del Giappone e lo buttò in terra, ghermì un portafiori di argento cesellato e ci sputò dentro a più riprese, scaraventandolo poi; fece ruzzolare dal divano un cuscino di cuoio e si dette a calpestarlo, strappò dalla parete la vecchia incisione, mentre sfondava col piede un piccolo paravento di seta. Pareva un toro ferito, reso cieco dal terrore, che giri intorno a sè, poi galoppi pesantemente. Eva, per istinto, si teneva immobile nell'angolo più buio della stanza, ed egli l'andava cercando senza vederla. Se l'avesse trovata l'avrebbe accoppata senz'altro.

Al fracasso Germana e Zeffira accorsero.

Germana fece scudo di sè al corpo della cognata; Zeffira si dette a gridare aiuto; ma Salvatore si arrestò improvvisamente e si strinse la testa nelle mani.

– Non gridare – egli impose alla domestica con voce strozzata.

Germana supplicò:

– Per carità, non gridare, non facciamo scandali.

Zeffira, per un attimo rimase in silenzio con la bocca spalancata, poi fuggì a mettersi in salvo.

Il Tindari scansò con un urtone la sorella e disse alla moglie, senza toccarla, senza guardarla:

– Via, via; non voglio immondizie qui dentro; vattene.

Germana provò ad intervenire: ma vide la faccia del fratello così terribilmente minacciosa, ch'ella disse piano alla cognata:

– Eva, per carità, fa presto.

Eva, abbrutita dalla paura, corse nella propria stanza e ritornò subito, appuntandosi meccanicamente il cappello. Cercava qualchecosa con l'occhio intorno a sè. Germana comprese e le indicò sul tavolo il piccolo portamonete di bulgaro, che Eva afferrò. A un tratto si mise a piangere e, calzandosi un guanto, se ne andò, ripetendo desolatamente fra i singhiozzi:

– Povero Salvatore! Povero Salvatore! Come farà a vivere senza di me?

La porta di casa fu aperta, rinchiusa e poco dopo si udì nella piazza il rumore di una vettura, che arrivò, si arrestò, ripartì di carriera.

Salvatore allora si asciugò la fronte e sedette di peso, come chi abbia sostenuto una fatica erculea e senta il bisogno di riprender lena.

Germana gli si avvicinò e lo chiamò per nome dolcemente.

– Salvatore, Salvatore.

– Tu sapevi e non mi dicevi. Tutti contro di me.

Ella avvampante di rossore, gli cinse il capo nelle braccia:

– Che cosa avrei potuto dirti? Mi pareva impossibile che tu non vedessi.

Egli si liberò dalla stretta amorosa di Germana e disse con rassegnazione amara:

– È giusto. La mia cecità è incomprensibile. Tutti avranno pensato di me quello che non era.

– Tutti no, no – esclamò Germana con terrore.

– Chi ti conosce ti stima.

– E tu allora?

– Io soffrivo, ero ingiusta.

– È vero – Salvatore disse, come ricordandosi – Il tuo matrimonio – e tacque non riuscendo ad attribuire importanza alla catastrofe sentimentale di Germana di fronte alla catastrofe piombata sopra di lui.

– Io andrò a Shangai come istitutrice: dovrei partire fra una settimana; ma se tu vuoi, se hai bisogno di me, io rinuncio.

Egli si strinse nelle spalle con indifferenza – No, no, ti ringrazio. Pensa a te.

– Le condizioni sono eccezionali – ella disse con l'egoismo inconsapevole e legittimo di chi non trova logico partecipare all'altrui rovina, non essendo partecipe delle altrui colpe.

«Quando le condizioni sono eccezionali perchè vorresti rinunciare? sarebbe una sciocchezza! D'altronde che cosa puoi farmi tu?» E non trovarono altre parole da scambiarsi, spiritualmente estranei, dopo che Eva diventata elemento essenziale nella vita di Salvatore si era frapposta tra i loro due cuori fraterni e li aveva divisi.

La sera scendeva, l'ombra si ammassava nella stanza in disordine; la desolazione entrava dal vano delle due porte spalancate. A Salvatore la casa pareva deserta da anni ed egli guardava intensamente nell'attesa che il giocondo fantasma di Eva entrasse da un uscio, scomparisse dall'altro, empiendo la stanza col fruscio delle sue gonne e gli effluvî del suo profumo. Germana aprì la chiavetta della luce elettrica e raccolse gli oggetti sparpagliati sul tappeto, appoggiò il quadro su di una seggiola e rimase vicino alla finestra senza saper che dire o fare in aiuto del fratello che, a sua volta, soffriva di impaccio per la presenza di lei.

Gli pareva che, restando solo, sarebbe forse riuscito a placarsi. Ella si rese conto di ciò e con una infinita pietà nella voce, con rammarico infinito per l'impotenza sua a portargli lenimento, disse:

– Se hai bisogno di me, io sono qui nella mia stanza.

Egli assentì con un gesto e respirò a lungo con sollievo nel trovarsi finalmente solo.

Non si muoveva, accasciato e ripiegato sopra di sè, facendosi puntello al mento con le mani intrecciate, vagando con l'occhio incerto dalla punta rilucente del suo stivale alla gamba intarsiata della seggiola che gli stava di fronte. La vecchia incisione gli fermò lo sguardo per un momento, come attraverso un velario. Lembi di pensiero gli vagavano per il cervello, disperdendosi subito; le memorie apparivano, scomparivano prive di fisonomia, addossate le une alle altre, informi e ondeggianti. Rammentava di avere interrogato un dizionario di botanica, il giorno in cui la vecchia incisione era stata portata in casa. Era di festa e nevicava un poco; sua moglie, per contemplare lo spettacolo insolito della neve, lo aveva chiamato alla finestra e gli si teneva stretta al fianco. Più tardi, egli aveva scartabellato il dizionario, mentre l'avvocato Brizzi giuocava a dama con Eva e Germana bisbigliava con Aldo dietro il paravento. Tali figure gli tremavano adesso dentro il pensiero come figure di una cinematografia, poi si dileguarono improvvise; ma egli, volendo tenersi fermo in una idea qualsiasi, si ostinava a fissare la incisione. Sicuro! Essa rappresentava un albero! Upas autiaris! Albero del veleno, albero della morte! Confusamente, percepiva un'analogia fra la sua propria sorte e la sorte degli uomini in parrucca, giacenti all'ombra mortifera di quelle fronde. Ma egli non era morto, non era nemmeno agonizzante. Poteva muoversi, parlare, urlare, imprecare, piangere; eppure in fondo alla sua coscienza un cadavere forse giaceva, avvertendo egli in sè come una decomposizione, come una verminaia; si decomponeva la sua fierezza, brulicavano i bassi istinti, poco fa inesistenti, ora già innumerevoli e voraci. Tese l'orecchio ad ascoltare con trepidazione e sentì risuonarsi dall'imo la eco di un canto fievole e dolce, che gli leniva lo spasimo e gli sedava il tumulto dello spirito.

– Povero Salvatore! Povero Salvatore! Come farà a vivere senza di me? – La voce, il pianto, le parole di Eva.

– Povero Salvatore! – egli ripetè a se stesso con un singhiozzo e cominciò a piangere. Grondavano le lacrime, il dolore si ammansiva, la viltà si ringagliardiva. Non avrebbe egli potuto riedificare la sua vita? Abbandonando lo studio del Brizzi, non gli riuscirebbe facilissimo trovare altre occupazioni anche più lucrose? Oh! certo, certo! Germana partiva, andava oltre il mare ed egli provava sollievo all'idea di eliminare, per l'avvenire, un testimonio accusatore del passato. Una parentesi nella sua esistenza, un viaggio, un'assenza di qualche settimana, i fili delle abitudini spezzati, poi riannodati in altra guisa, e poi la casa avrebbe potuto tornare ariosa, libera, luminosa, lieta di effluvi e di fruscii. Intanto perchè non uscire? Perchè non recarsi là dov'egli sapeva che la fuggitiva era corsa a rifugiarsi, nella casa paterna, e dov'egli era atteso con sospiri e lacrime, dove sarebbe stato accolto con amplessi e giuramenti? forse aveva inteso male; forse la verità era altra. Si alzò, spalancò la finestra e guardò fuori. In alto le stelle scintillavano a miriadi, intorno alla piazza le fiammelle risplendevano immobili nell'aria quieta; la colonna serbava la sua rigidità secolare, le tramvie si incrociavano con gioioso fracasso, una frotta di giovani popolani facevano schiamazzo, un cane abbaiava in lontananza dentro una casa, le finestre, tutte aperte, diffondevano luce e gaiezza sopra le facciate dei vecchi palazzi.

Nulla era cambiato! Il mondo esisteva come ieri, e, come ieri la gente camminava svelta, aspirando con letizia il fresco odore della primavera. Sospirò più volte, traendosi dalle profondità del petto i sospiri, simile a un adolescente che sogni di amore e, mentre la viltà trionfante gli rideva dentro e si dilatava, egli con volto accigliato, con movimenti bruschi per ingannare se stesso, prese il cappello ed uscì.

L'avvenire si apriva dinanzi a lui senza più luce, nè orizzonte, circoscritto, grigio, come viottolo campestre nelle vicinanze di uno stagno durante un crepuscolo di novembre, e Salvatore intanto affrettava il passo per dissolversi, con voluttà, in nebbia fra quella nebbia.

MAESTRA

I

Maddalena, che aveva per solito l'aria abbattuta di chi lavora troppo e di chi è costretto a lottare continuamente colle esigenze della vita, in quel giorno mostravasi animata e s'indovinava a prima giunta che la buona donna era felice.

Difatto Ginevra, la sua unica e adorata figliuola, era stata ammessa come alunna nella scuola normale, donde sarebbe uscita maestra dopo tre anni.

Maddalena non pensava punto alla lunghezza di quei tre anni, agl'incidenti che potevano sopraggiungere ad impedire o ritardare il compimento de' suoi voti; non si preoccupava dei sacrifizi che lei ed il marito avrebbero dovuto imporsi per sopperire alle spese di libri, di tasse e di vestiti.

Le pareva già di formare l'invidia e l'ammirazione di tutte le mamme del vicinato, le pareva che Ginevra esercitasse già la sua professione, guadagnando il necessario a mantener sé e la famiglia, senza essere costretta ad economizzare fino il centesimo.

Allora anche la povera Maddalena avrebbe potuto riposarsi finalmente! Ne sentiva il bisogno, ché in diciotto anni di matrimonio non aveva mai goduto un solo momento di pace, sempre coi ferri in mano a stirare dalla mattina alla sera per guadagnare pochi soldi col faticoso mestiere di stiratrice.

In principio avevano stabilito che Ginevra dovesse fare la sarta appena finite le quattro classi elementari; ma la direttrice della scuola disse una volta a Maddalena che la bambina aveva molto ingegno e che avrebbero dovuto farne una maestra. Tale proposta parve alla poveretta tanto splendida, tanto impossibile a realizzare che, lì per lì, crollò il capo, dicendo che era inutile pensarvi. Ci pensò invece quel giorno e gli altri ancora ed a poco a poco ciò che le era parso impossibile sulle prime, le parve effettuabile e quasi facile, tantoché ne parlò al marito, adducendogli una quantità di buone ragioni per indurlo ad acconsentire.

Giuseppe, che faceva il portalettere, e che in casa non istava quasi mai, cominciò col borbottare un pochino; ma si lasciò sedurre anche lui dall'idea che Ginevra sarebbe diventata maestra, e dette il suo consenso.

Quanto alla ragazza, accettò con entusiasmo l'idea dei genitori, si mise a studiare di lena per ben prepararsi agli esami di ammissione, e finalmente, dopo molte ansie, molte incertezze, molti timori, Ginevra venne inscritta come alunna nel primo corso normale.

Alle quattro Maddalena, che stava coll'orecchio teso, udì il passo leggero della figliuola che saliva le scale e corse ad aprirle tutta commossa e sorridente.

La fanciulla aveva la tinta un po' anemica, e l'andatura leggermente stanca, caratteristica di quasi tutte le ragazze che hanno la disgrazia di crescere negli angusti quartieri di una grande città, in quei tristi ed umidi quartieri dove il sole entra di rado, e dove l'aria è resa malsana dal numero eccessivo delle persone che la respirano. A prima giunta la giovinetta sembrava un tipo insignificante, ed anzi le comari del vicinato la chiamavano brutta addirittura, criticandone la pallidezza del viso e l'esilità della persona; ma un attento osservatore avrebbe scoperto in lei molte qualità che a prima vista sfuggivano. I capelli, tendenti al castagno, erano morbidi e copiosi; le sopracciglia fine e molto arcuate davano alla sua fisionomia un'espressione d'ingenuità infantile che seduceva; lo sguardo aveva dolce e buono ed allorché, sorridendo, mostrava i dentini bianchi e regolari, il viso le si illuminava tutto ed in quei momenti ella era veramente graziosa.

Maddalena, togliendo la cartella dalle mani della figliuola, l'andava tormentando con mille interrogazioni:

«Ebbene che cosa hai imparato oggi? Che ti hanno detto i professori? Le tue compagne sono tutte brave come te?...».

Ginevra rideva alle impazienze ed alle ingenue domande della mamma.

«Che cosa vuoi che abbia imparato in poche ore, e che vuoi che i professori mi abbiano detto? Siamo tante che avrebbero un bel da fare se dovessero parlare con tutte! Quanto alle mie compagne poi posso dirti ch'erano tutte più ben vestite di me, ed anzi ho sentito che una del terzo corso mi ha detto stracciona quando sono venuta via!».

La buona Maddalena rimase umiliata per l'impertinenza detta alla figliuola, e da quel giorno l'obbligò a portare abitualmente un abito di lanetta bigia che fino allora era stato gelosamente conservato per le grandi occasioni.

I tre anni passarono regolari e monotoni senza che nessun avvenimento straordinario venisse a turbare l'andamento della famiglia Gabrielli.

Maddalena vedeva approssimarsi con gioia il giorno beato in cui la figliuola sarebbe stata maestra ed avrebbe portato l'agiatezza nella casa dei genitori; Ginevra, senza nutrire le iperboliche speranze della mamma, poetizzava tutto colla sua giovine fantasia, e le pareva che sarebbe vissuta felice in una scuola pulita pulita, in mezzo ad una nidiata di bambini rosei e sorridenti.

Mancavano pochi mesi all'epoca dell'esame definitivo, quando un nepote di Maddalena, che faceva l'ebanista in una piccola città di provincia, stabilì di recarsi a Roma per trovare lavoro e raggranellare qualche denaro.

Fu deciso che il giovane abiterebbe una piccola stanzetta in casa della zia, e che sarebbe ammesso a far parte della famiglia pagando una tenue somma mensile.

Carlo era un buono e bravo giovanotto che non si ubriacava quasi mai, che bestemmiava solo quando era molto in collera e che faceva il suo mestiere con una certa passione.

Spensierato ed allegro, come si è a 25 anni, si fece subito benvolere dagli zii e dalla cugina, la quale si divertiva la sera a correggergli qualche problemuccio o spiegargli qualche poesia per farlo diventare un uomo istruito, come diceva lei, o per farlo sempre più istupidire, come sosteneva lui; ma diceva così per celia, ché anzi quelle lezioni serali erano tutta la sua ricreazione, parte pel desiderio d'imparare e sollevarsi un po' a livello della cugina, parte pel piacere di sentirsi lodare o rimproverare dalla graziosa maestra. Ginevra prendeva la cosa sul serio e trattava Carlo come fosse veramente un bambino sedendogli accanto per sorvegliarne il dettato, chinandosi su di lui per seguire collo sguardo gli sgorbi che andava facendo sul quaderno, accomodandogli le braccia sulla tavola e minacciandolo con una grand'aria di severità, quando egli sedeva scomposto o lasciavasi sfuggire qualche sproposito più madornale del solito; né si avvedeva che la calligrafia di Carlo diventava anche più illeggibile quando ella gli si metteva vicino, e che il malizioso scolare teneva la penna come si tiene uno scalpello per obbligare la giovane maestra ad aggiustargliela nelle dita.

Ginevra si era abituata a considerare il cugino come un gran bambinone innocuo con cui poteva trastullarsi impunemente e non supponeva neppure da lontano che il povero giovanotto potesse sentire per lei qualcosa più di quella simpatia cordiale e di quell'affezione fraterna ch'ella nutriva verso di lui. Altronde non era Carlo il suo ideale. Conosceva ed apprezzava le eccellenti qualità del cugino, ma nulla più.

Il giorno in cui Ginevra ottenne finalmente il diploma di maestra, Maddalena preparò un lauto pranzetto, Giuseppe invitò due amici colle rispettive mogli e si celebrò cordialmente l'avvenimento da sì lungo tempo desiderato. A vederli tutti lieti e raggianti intorno alla tavola imbandita, a sentire i magnifici progetti che andavano formando e le splendide innovazioni che volevano introdurre nella loro casa, ci sarebbe stato da credere che qualche fortuna inaspettata ed immensa fosse toccata in sorte alla famigliuola.

Per molti e molti giorni Maddalena ripeteva a diritto ed a rovescio:

«Lo ha detto Ginevra che è maestra! Ora che la mia figliuola è diventata maestra! Lo domanderò a Ginevra che è maestra!» tantoché le vicine un po' seccate ed un po' invidiose, non si stancavano mai di canzonarla.

Il meno entusiasmato di tutti era Carlo, il quale da qualche tempo non mostravasi più né allegro, né loquace, poiché pareva al poveretto che una barriera insormontabile fosse sorta tra lui e la cugina, dopo che questa era diventata maestra. – Carlo vedendo Ginevra tutt'i giorni, standole sempre vicino, udendone continuamente parlare, se ne era a poco a poco vivissimamente innamorato; ma, riflettendo alla distanza che correva tra lui, povero operaio, e quella fanciulla sì colta e sì gentile, nascondeva gelosamente la sua passione che giudicava insensata.

Ginevra intanto aveva fatto istanza per venire immediatamente occupata, e nemmeno sospettava che la sua domanda potesse rimanere inesaudita, ma il disinganno giunse bentosto, giacché il novembre si avvicinava senza che ella avesse ottenuto ancora nessuna risposta. – La giovinetta decise allora di recarsi dall'ispettore, col quale, dopo tre gite inutili, potette alfine parlare.

Egli la ricevette in piedi e frettoloso, come uomo ristucco di certe visite e la licenziò dopo brevi parole, dicendole:

«Cercherò di tenerla presente, signorina, ma le domande sono tante che qualora si dovesse dare corso a tutte ci sarebbe da nominare una maestra per ogni bambino».

Ginevra tornò a casa triste e scoraggiata! Le ripugnava di mendicare ciò che credeva spettarle come diritto, mentre dall'altro lato struggevasi al pensiero di disingannare i genitori che avevano tanto fatto per lei e che su di lei avevano basato le più care speranze.

Una signora, per la quale Maddalena stirava da parecchi anni, la indirizzò ad un capo divisione al ministero dell'istruzione pubblica.

Ginevra vi si recò colla madre, ed appena entrata nel palazzo della Minerva sentì come un brivido di freddo correrle per le ossa. Quegli uscieri che la squadravano insolentemente e che si degnavano appena d'indicarle colla mano la direzione che doveva seguire, quell'affaccendarsi di tante persone tutte venute per sollecitare, il viso ansioso di chi saliva, l'aria quasi sempre scoraggiata di chi scendeva, contribuivano a far sì che Ginevra salisse quelle interminabili scale con un batticuore da non descriversi.

Giunte nella piccola anticamera che precedeva il gabinetto del capo divisione trovarono un usciere che, osservati gli abiti modesti delle due donne ed il loro contegno timidamente impacciato, le affollò di domande con grande sussiego, quasiché egli contasse davvero qualche cosa.

«Con chi desiderano di parlare?».

«Col signor commendator Galli...».

«Mi dispiace, ma adesso è occupato e non riceve nessuno».

«Abbiamo per lui questo biglietto» insistette bruscamente Maddalena, che non era abituata a tante formalità e che, essendo romana, non sapeva troppo pazientare».

«È di un deputato questo biglietto?».

«No, è di una signora!».

«Basta, procurerò di consegnarlo».

«Nemmeno si trattasse di baciare i piedi al santo padre» brontolava Maddalena, ma uno sguardo supplichevole della figliuola la fece tacere.

Trascorsi pochi minuti l'usciere tornò, dicendo loro che si accomodassero.

Trovarono il signore che stava firmando alcune carte e che proseguì il suo lavoro senza disturbarsi menomamente, finché non ebbe terminato, dopo di che suonò il campanello, consegnò le carte all'usciere e si decise finalmente di volgersi alle due donne che stavano impacciate e rese anche più timide dall'accoglienza punto gentile.

«Dunque la signorina ha studiato alla scuola di Roma» interrogò il commendatore, scorrendo collo sguardo il biglietto in cui si parlava di Ginevra.

«Sissignore» risposero in coro la madre e la figliuola. «Ed ora desidera di occuparsi non è vero?».

«Non è desiderio, è bisogno» mormorò Ginevra arrossendo.

«La cosa non è facile, perché qui è tutto il giorno una processione di babbi e di mamme, che desiderano occupare le figliuole! Dio santo, tutte vogliono fare le maestre adesso, è assolutamente una mania!».

Maddalena colla voce tremante ebbe il coraggio d'insistere:

«Dunque noi che si credeva tutto finito, siamo solo al principio dei nostri guai? Avevamo sperato che Ginevra potesse aiutarci, ed ecco che dopo tanti sacrifizi e tante fatiche la mia figliuola non potrà ottener nulla».

Trapelava tanto accoramento dalle parole della donna, che il commendatore ne rimase commosso. – «Veramente sarebbe stato meglio che la vostra figliuola avesse imparato qualche mestiere, almeno adesso non avrebbe bisogno di nessuno; ma a quest'ora il male à fatto, ed è inutile parlarne. Io sono amicissimo dell'ispettore; gli parlerò della signorina, e posso quasi accertarvi che qualche cosa otterrò».

Dopo aver vivamente ringraziato il commendatore, uscirono, Maddalena col cuore sollevato dalla certezza che la figliuola sarebbe stata davvero una maestra, Ginevra coll'animo trambasciato per la convinzione ch'erasi messa su di una falsa strada e che l'avvenire le avrebbe riserbati chissà quanti dolori e quanti disinganni.

Ella si avviò direttamente verso casa, mentre Maddalena andava da parecchie clienti a prendere la biancheria da stirare. Giunta in casa Ginevra trovò il cugino, con cui da qualche giorno aveva scambiate appena poche parole.

Carlo, vedendo il viso sconvolto della fanciulla, suppose che anche quel nuovo passo fosse riuscito infruttuoso e, senza spiegarsene la ragione, ne provò un piacere vivissimo.

«Ebbene, come è andata? Che ti ha detto questo signor commendatore? Sarà anche lui come gli altri, tutte ciarle e nessun fatto».

Ginevra aveva bisogno di sfogare su qualcheduno la stizza che la rodeva, voleva anche lei procurarsi il piacere di torturare e di umiliare, onde rispose brutalmente:

«Che t'importa dei fatti miei? Che ne capisci tu di certe cose? Quel signore è bravo, buono, gentile, ed io fra poco sarò maestra; se ciò ti spiace è peggio per te».

Così dicendo gettò il cappello sulla tavola e gl'impose con alterigia:

«Ho sete, portami un bicchier d'acqua!».

Carlo esitò un istante, poi andò in cucina, sciacquò egli stesso un bicchiere, lo pose in un piatto e lo portò alla fanciulla, che lo bevve d'un fiato. Rimasero qualche secondo così l'uno in faccia all'altra, lui col piatto in mano, lei diritta, accigliata, sdegnosa.

«Potresti almeno ringraziarmi» disse Carlo, tentando di scherzare, quantunque fosse turbato dai modi aggressivi di Ginevra e dal trovarsi solo con lei, il che non era mai accaduto prima d'allora.

«Tu potresti invece toglierti il cappello» rispose lei, alzando le spalle e fece per andarsene; ma Carlo le sbarrò il passo e le disse con voce supplichevole:

«Perché mi tratti così, Ginevra, che ti ho fatto?».

La fanciulla stropicciò il fazzoletto che teneva nelle mani, inghiottì due o tre volte la saliva per frenare il pianto che le faceva groppo alla gola, eppoi si gettò su di una seggiola e scoppiò in singhiozzi, nascondendo il volto fra le mani.

«Perché, ma perché?» domandava Carlo affannoso, non sapendo come calmarla. In questa si udì la voce di Maddalena che saliva le scale e Ginevra, asciugandosi in fretta le lacrime, disse al cugino:

«Non dir nulla alla mamma, ché ciò le farebbe dolore. Altronde oggi abbiamo avuto buone speranze, ed io sono una sciocca».

Maddalena confermò, appena entrata, le parole di Ginevra, esagerando anche un pochino le promesse avute, tantoché Carlo, non abbastanza fine per indovinare ciò che avveniva nell'animo della fanciulla, non sapeva come spiegarsi la scappata di lei.

La nomina giunse una domenica, mentre erano tutti e quattro a tavola tristi e silenziosi, in seguito ad una scena piuttosto burrascosa tra Giuseppe e Maddalena, che da qualche tempo si bisticciavano spesso, rimproverandosi scambievolmente di aver rovinata la figliuola.

Appena videro la lettera ne indovinarono il contenuto e fu un unanime grido di gioia. Maddalena se ne impadronì con mano tremante e la passò a Ginevra che era diventata bianca come una carta.

Ginevra era nominata maestra in un paesello a poche miglia da Frascati collo stipendio di 600 lire annue e coll'ingiunzione di trovarsi al posto nel termine di pochi giorni.

Tutti rimasero delusi, ma tutti nascosero accuratamente il loro scontento, dimostrando un entusiasmo che in verità non era punto spontaneo.

I preparativi del viaggio non furono molti, né lunghi. Maddalena si fece prestare da una vicina una valigia vecchia e sgualcita, dove mise la biancheria di Ginevra, la quale aveva fissato di partire il giovedì.

Il mercoledì sera protrassero a lungo la veglia, quantunque Maddalena ripetesse ad ogni momento che Ginevra doveva alzarsi di buon mattino e ch'era giunta l'ora di coricarsi. Trovavano sempre qualche cosa da dire, avevano quasi il presentimento delle sventure che li attendevano e volevano prolungare più che loro fosse possibile quelle ore di dolce ed intima famigliarità. – A mezzanotte si decisero finalmente e, dopo aver ripetuto per la decima volta, che il paesello non era poi alla estremità del mondo e che Ginevra avrebbe potuto venire a Roma durante le vacanze, andarono tutti a coricarsi intimamente e profondamente commossi.

Ginevra, entrata nella misera stanzetta dove aveva dormito per tanti e tanti anni, dove aveva vegliato sui libri nelle lunghe sere d'inverno, sopportando il freddo e vincendo il sonno, animata sempre dalla speranza di un lieto avvenire, fu colta da una tenerezza più intensa per la sua casa ed i suoi, da uno scoramento amarissimo all'idea di dover lasciare la mamma, di dover viver sola in quell'angolo di mondo dove nessuno la conosceva, dove nessuno l'amava.

Ebbe per un istante la tentazione di correre nella stanza dei genitori e supplicarli di non lasciarla partire, di farla lavorare in casa a qualunque lavoro grossolano e faticoso, purché potesse sentirsi protetta dal loro affetto e consolata dalla loro presenza; ma pensò poi alla miseria della famiglia ed ebbe la forza di vincere quel momento di debolezza.

S'inginocchiò ed appoggiando la fronte sulla sponda del bianco letticciuolo, pregò ferventemente dal profondo dell'anima, pregò implorando la fiducia in sé stessa che ormai le veniva meno, la fede nei modesti ideali fino allora vagheggiati ed ora intieramente svaniti, implorando a sé ed ai suoi, non il fulgido avvenire che la madre aveva per sì lungo tempo sognato, ma una vita tranquilla, se non allietata mai da nessuna grande gioia, non amareggiata almeno da nessun acuto dolore.

La sua preghiera venne interrotta dal rumore leggero che fece aprendosi la porta della stanza; si voltò vivamente e vide il cugino che si avvicinava in punta di piedi, dicendole in fretta e colla voce strozzata:

«Prendi queste venti lire. Avevo destinato di mandarle alla mamma, ma so che per ora non ne ha molto bisogno. Prendile, Ginevra, ti potranno servire».

La fanciulla intuì quanto dolore avrebbe recato al cugino un suo rifiuto, onde accettò senza esitare le due carte da dieci ch'egli le porgeva con mano tremante e, vinta da uno slancio di gratitudine per quel povero giovanotto che l'amava tanto senza averglielo detto mai, gli gettò le braccia al collo, dicendogli commossa:

«Oh! quanto sei buono, Carlo, quanto sei buono!».

Carlo rimase come stordito. Gli pareva che la stanza girasse, che il pavimento gli mancasse sotto i piedi e respinse Ginevra quasi con violenza, temendo di non potersi più padroneggiare, se rimaneva lì qualche minuto ancora.

Entrato nell'angusta stanzuccia dove dormiva, Carlo spalancò la finestra, quantunque facesse un freddo intensissimo, si gettò bocconi sul letto, mordendo i guanciali per soffocare i singhiozzi e pianse, pianse a lungo come un bambino.

II

All'indomani si levarono di buon'ora, quantunque il treno che doveva portare Ginevra sino a Frascati partisse solo alle dieci.

Credevano di aver tutto preveduto, eppure avevano dimenticato tante piccole spesuccie, trascurato tante di quelle inezie che divengono indispensabili nell'occasione di una partenza. Andavano, venivano con qualche oggetto in mano che deponevano su di una seggiola, dimenticando dove l'avevano lasciato e perdendo un quarto d'ora per ritrovarlo.

Avevano perduto completamente la testa; tantoché mancava poco all'ora della partenza, e Ginevra doveva ancora vestirsi.

Alla stazione gli addii furono brevi, affrettati, quasi freddi in apparenza, poiché tutti sentivano il bisogno di finirla, in quella guisa che il condannato sollecita col desiderio il momento del supplizio per abbreviare gli strazi della agonia.

Quando il treno sbuffando e fischiando, si mosse pesantemente sotto la tettoia Carlo credette di morire, e la povera Maddalena sentì al cuore una fitta così dolorosa che la fece vacillare, mentre Giuseppe andava borbottando: «Ecco che cosa ci abbiamo guadagnato a farle fare la maestra».

Maddalena affrettò il passo e, col viso chino, se ne tornò a casa, seguita da Carlo che, non sentendosi la forza di andare a lavorare, passò tutta la giornata seduto sul letticciuolo disfatto di Ginevra, in quella camera fredda e vuota che dopo la partenza della cugina era diventata la sua.

Ginevra intanto, trascinata dal vapore, colla testa appoggiata in un angolo dello scompartimento, dove trovavasi sola, provava come un vago senso di benessere, ed avrebbe voluto che quel viaggio non finisse più, che il vapore la trasportasse in paesi lontani, sconosciuti e bizzarri.

Il sole che entrava pel finestrino, scaldandole i piedi e le ginocchia, le sembrava di buonaugurio ed ella fu presa ad un tratto dal desiderio di fantasticare come quando a 15 anni frequentava il primo corso normale e passava talora tutto il tempo della ricreazione sola nella classe, colla fronte appoggiata ai vetri dell'ampio finestrone, architettando colla pazza testolina tanti castelli folgoreggianti, tante cose belle, ridenti e luminose come racconti di fate.

Tornava ottimista e le utopie già vagheggiate riprendevano per poco parvenza di realtà. Dimenticava le umiliazioni subite, i disinganni sofferti; pensava che avrebbe potuto farsi amare da' suoi piccoli alunni, farsi apprezzare dai superiori, e che in poco d'ora avrebbe trovato lodi, incoraggiamenti ed accoglienze festose dov'era stata per lo innanzi ricevuta con sussiego e freddezza; pensava che dopo breve tirocinio avrebbe potuto essere traslocata a Roma, tornare in famiglia, realizzare le speranze della mamma e farle trascorrere in una tranquilla agiatezza gli ultimi anni della vita travagliosa.

Le sue fantasticherie non si limitavano qui, e molto lontano, quasi nello sfondo di un orizzonte terso e trasparente vedeva guizzare, comparire e scomparire rapidamente nimbi dorati e figure luminose.

Non sapeva nemmeno lei che ci fosse o che cosa desiderasse in quel punto misterioso, ma era certa che laggiù trovavasi la felicità e che finalmente ella l'avrebbe raggiunta.

Fu richiamata alla realtà da una voce rauca e cadenzata che annunziava l'arrivo del treno a Frascati.

Dopo aver preso a stento con una mano la pesante valigia Ginevra scese dal vagone e si avviò verso l'uscita, volgendosi ad un impiegato per sapere dove trovavasi la diligenza che doveva condurla nel piccolo paesello a lei destinato.

Mentre aspettava che fosse pronto il veicolo primitivo si mise a passeggiare al sole, masticando alcuni biscotti comprati dal cugino prima della sua partenza, e seguitando a far cento castelli in aria, ché quella mite giornata d'autunno e l'aria balsamica che respirava influivano felicemente sul suo morale; ma quando si trovò nell'incomodo carrozzone insieme a due contadini che fumavano nella pipa e discutevano dei loro affari, mischiando al discorso esclamazioni brutali e sconcie bestemmie, quando cominciò a sentire le ossa indolenzite per gli sbalzi della carrozza e la testa assordata dal rumore delle ruote, quando l'aria si fece rigida pel tramontare del sole, Ginevra si strinse nello scialletto bigio che teneva sulle spalle e vide svanire ad una ad una tutte le larve ridenti che fino allora le avevano allietata la noia del viaggio e mitigato il dolore della separazione.

Il fumo del tabacco la soffocava.

Provò ad aprire lo sportello della carrozza, ma dovette rinchiuderlo quasi subito perché l'aria era diventata frizzante, ed anche perché i suoi compagni di viaggio ne borbottavano fra di loro.

Domandò timidamente se il paesello era lontano ancora e mise un respiro di sollievo quando uno dei contadini le rispose che starebbero poco ad arrivare. Difatto, dopo una buona mezz'ora che le sembrò lunga ed interminabile come una intiera giornata, giunsero a destinazione senza che Ginevra nemmeno se ne avvedesse, perché non avrebbe mai immaginato che quel misero gruppo di case potesse usurpare il nome di paese.

La diligenza si fermò innanzi ad una bottega dove si vendeva di tutto, dal tabacco al pane, dall'anisetta alla fettuccia, dal pepe alla carta, dalle penne al sale, allo zucchero ed ai confetti.

La padrona della bottega, tutta affaccendata a ricevere dalle mani del vetturino le provvigioni di ogni genere ch'egli le portava da Frascati, non prestò nessuna attenzione a Ginevra, che, per farsi indicare dove trovavasi la scuola, fu costretta ad entrare nella bottega, in un angolo della quale vi erano parecchi tavolini dove il medico, lo speziale, il segretario ed altre due o tre notabilità del paese passavano regolarmente una parte della serata a giuocare la solita partita od a chiacchierare sempre delle stesse cose e delle stesse persone.

L'entrata della maestra produsse un certo effetto, e i giuocatori rimasero un istante colle carte in mano per isquadrare la nuova arrivata con quello sguardo di curiosità insolente che tanto umilia ed offende.

Il medico, meno zotico degli altri, rispose a Ginevra che per la quinta volta chiedeva l'indirizzo della scuola e propose di accompagnarla; ma i suoi compagni di giuoco protestarono in coro, dicendo che la maestra poteva benissimo farsi condurre dal garzone della bottega.

La scuola trovavasi all'estremità del paese, in casa di una vecchietta, la quale, essendosi già coricata, tardò un buon quarticello prima di decidersi ad aprire.

Il pianterreno della casa era tutto occupato da una stanza piuttosto ampia che serviva di scuola e da una stanzuccia più piccola destinata alla maestra.

Ginevra licenziò il ragazzo che l'aveva accompagnata, mentre la vecchia intirizzita di freddo, le raccomandava ripetutamente di tener ben chiusa la porta e di non aprire la finestra durante la notte per paura di qualche sorpresa. Le portò un paio di lenzuola, aspettò che la nuova ospite togliesse dalla valigia ed accendesse una candela, dopo di che se ne tornò a letto, dicendole che all'indomani avrebbero guardato insieme se tutto era ben disposto.

La scuola era intieramente occupata da quattro file di banchi, da una cattedra vecchia e polverosa, un cartellone ed una lavagna. Sulla parete principale erano appesi un crocifisso tutto annerito ed un ritratto del re.

Ginevra depose il lume sulla cattedra e si mise a sedere su di un banco, terminando di mangiare i pochi biscotti che le rimanevano, il che non valse certo ad acquietarle l'appetito, ma in quel luogo ed in quell'ora dovette rassegnarsi.

«Potessi almeno dormire» disse ad alta voce ed entrò nella stanza che doveva ormai diventare la sua abituale dimora.

Quantunque abituata alla meschinità della sua casa, la poverina rimase dolorosamente sorpresa nel vedere la miseria della camera a lei destinata.

Un letto tanto grande che avrebbe potuto comodamente servire per due; un tavolo inverniciato con sopra un vecchio mobile che aveva la pretesa di somigliare ad uno specchio; due seggiole impagliate, tre o quattro chiodi disposti in fila sulla parete e che dovevano servire per appendervi i vestiti, ne formavano tutto l'arredo.

Ginevra posò la valigia su di una seggiola, fece il letto e si spogliò in fretta, parte per la stanchezza, parte per ispegnere il lume e non vedere più quelle pareti nude e giallognole che davano alla camera l'apparenza di una prigione. Mentre stava per coricarsi le tornarono in mente le raccomandazioni della vecchia e, scalza, tremante, andò a vedere di nuovo se la porta e la finestra fossero ben chiuse, assalita improvvisamente da una pazza e fanciullesca paura.

Spense il lume, cacciò il capo sotto le coltri, ma non poté prendere sonno. Sentiva freddo e non aveva coraggio di scendere dal letto per gettarsi indosso qualche cosa; si rannicchiava, si ripeteva ch'era una sciocca, provava a pensare ciò che avrebbe fatto la mattina di poi durante la sua prima lezione, ma erano inutili tentativi. Le parole della padrona di casa le tornavano alla mente con insistenza; rammentava tutte le orrende storie di delitti e di assassini lette altravolta nella cronaca del Messaggero, e batteva i denti pel freddo e per la paura.

Maddalena intanto piangeva silenziosamente nel suo letto, e Carlo, voltandosi e rivoltandosi sotto le coltri, provava, malgrado il dolore acuto che lo tormentava, una specie di consolazione al pensiero che gli era dato di riposare su quel letto stesso dove Ginevra aveva dormito per tanti e tanti anni.

III

Chi abbia vissuto per alcun tempo in qualche piccolo paese saprà benissimo che, il più delle volte, il sindaco ed il parroco sono tra di loro in aperta guerra, specie quando, e ciò avveniva al paesello abitato da Ginevra, sono entrambi dotati di carattere intollerante.

Il sindaco voleva far valere la sua autorità, il parroco la sua influenza; il sindaco incolpava il parroco di tutti i disordini, di tutti i pettegolezzi che avvenivano in paese, il parroco insinuava che la grandine, le pioggie prolungate, gli scarsi raccolti erano castighi inflitti da Dio al paese, reo di sopportare un sindaco che aveva l'audacia di passare innanzi alla chiesa senza nemmeno togliersi il cappello. Quando arrivò Ginevra le ostilità erano giunte al massimo grado di accanimento e la fanciulla, nuova a tali bizze meschine, non sapeva a quale partito appigliarsi, poiché taluno la consigliava di non frequentare la chiesa per non inimicarsi il sindaco, taluno le suggeriva di non visitare il sindaco per non farsi del parroco un secreto e temibile nemico.

Malgrado tutte queste chiacchiere la domenica Ginevra andò alla messa, ed il mercoledì, giorno di vacanza nelle scuole di campagna, si recò dal sindaco per la visita di prammatica.

Il sindaco era un agiato possidente che abitava colla moglie una villetta sita a mezzo chilometro circa dal paese. Egli era un uomo sulla cinquantina abbastanza intelligente e molto ignorante che aveva vissuto in Roma parecchio tempo e che, durante la sua dimora nella capitale, aveva acquistato una certa scioltezza di modi, molti vizi, un illimitato disprezzo pe' suoi compaesani ed un altissimo concetto di se medesimo.

La moglie Geltrude era una buona donna insignificante, che temeva il marito e lo ubbidiva senza discutere.

Quando Ginevra giunse alla villetta Giacomo stava seduto al sole fumando la pipa e leggendo il Messaggero.

Egli scorse da lontano la fanciulla e indovinò ch'essa era la nuova maestrina, ma finse di non averla veduta ed aspettò che la giovane gli volgesse la parola.

«Ho l'onore di parlare col signor sindaco, non è vero?» interrogò Ginevra timidamente.

Giacomo, il quale piccavasi di galanteria verso tutte le donne, si levò con premura affettata e, stendendo la mano alla maestrina, la sollecitò ad entrare in casa.

Il bravo sindaco, sazio ormai delle robuste e grassoccie campagnuole, di cui poteva usufruire a suo bell'agio, aveva un debole spiccatissimo per le donne magroline e delicate, tantoché la sua giovane dipendente gli produsse subito la più gradita impressione.

Giacomo non chiamò la moglie, adducendo il pretesto ch'ella era troppo occupata in quel momento e trattenne la fanciulla quasi due ore interrogandola su mille cose, conducendola nel giardinetto attiguo alla casa e componendole egli stesso un mazzolino di fiori.

Ginevra, non abituata a tanta cordialità e parendole che il sindaco fosse un perfetto gentiluomo, paragonato a tutti coloro con cui da otto giorni era costretta a trattare, provò per lui una subita simpatia e si mise a chiacchierare, a correre traverso le aiuole, a scherzare e ridere come una bambina.

Quando si separarono Ginevra pensò che il sindaco era proprio una brava persona, e Giacomo si disse che la nuova maestra era tanto carina con quella vita snella, quei dentini bianchi e quella voce fresca ed acuta come il pigolio di un uccellino.

Il sindaco andava spesso a visitare Ginevra, faceva nella scuola tutte le modificazioni ch'ella gli suggeriva e le mandava sovente a regalarle qualche cestellino di frutta qualche mazzo di fiori.

La fanciulla era grata al sindaco di tali premure e glielo diceva con quel calore che le persone giovani e buone mettono sempre nell'esprimere i loro sentimenti, non sospettando neppure che Giacomo fosse guidato da intenzioni cattive e che altri potessero trovar da malignare sulle innocenti gentilezze che un uomo quasi vecchio usava a lei fanciulla, quasi bambina; ma il parroco aveva già parlato in parecchie occasioni della tresca che il sindaco teneva colla maestra e dello scandalo ch'essi davano a' suoi onesti parrocchiani. Anzi una domenica, spiegando dall'altare un passo del vangelo, com'è consuetudine nei parroci di campagna, alluse apertamente alla scostumatezza di coloro, i quali si fanno esempio di scandalo, mentre dovrebbero, per la posizione che occupano, essere modelli di virtù.

Ginevra, che assisteva alla messa, non comprese nulla e seguitò a tenere fisso il suo bello sguardo limpido sul volto del dicitore. Ciò bastò perché il parroco giudicasse che la maestra aveva perduto ormai ogni pudore e che non sarebbesi mai più ravveduta.

La fanciulla, ignara delle infami calunnie che correvano sul conto suo, conduceva una vita ritiratissima, e adempiva il proprio dovere senza entusiasmo, ma collo zelo più scrupoloso.

Uniche sue consolazioni erano le lettere che il cugino le scriveva a nome dei suoi, uniche distrazioni le visite del sindaco che per verità cominciavano a diventare troppo lunghe e troppo frequenti.

Per solennizzare l'anniversario del re, il sindaco dava tutti gli anni un banchetto al quale erano ammessi i pochi eletti del paese, non escluso il parroco che deponeva in quel giorno tutt'i rancori e compariva alla tavola del sindaco ilare e sorridente, riserbandosi poi di riprendere all'indomani le ostilità con nuova e più accanita energia.

Era una specie di armistizio che le potenze belligeranti del paese si concedevano due volte all'anno; il giorno dell'anniversario del re, in cui il parroco desinava in casa del sindaco; il giorno del santo protettore in cui il sindaco desinava in casa del parroco. In tali occasioni essi scambiavansi un mondo di cortesie e spingevano la reciproca tolleranza fino al punto che Giacomo si alzava in piedi quando al cominciare del pranzo, D. Giovanni recitava il benedicite, e D. Giovanni vuotava d'un fiato il proprio bicchiere quando Giacomo proponeva alle frutta un brindisi a re Umberto. Né si creda che ciò li obbligasse a nulla scambievolmente, come le cortesie cavalleresche che due generali nemici si usano nei momenti di tregua, non li impegnano a risparmiarsi nei giorni di battaglia.

Ginevra fu naturalmente invitata al famoso pranzo e andò in casa del sindaco fin dal mattino per prendere parte agli ultimi preparativi.

Giacomo, colla scusa di dirigere e sorvegliare, stava sempre attaccato alle gonnelle di Ginevra, la quale andava e veniva dalla cucina alla camera da pranzo prendendo piatti e bicchieri dalle mani di Geltrude e disponendoli in bell'ordine sulla tavola, con quella graziosa spigliatezza che la rendeva adorabile.

Quel giorno indossava un abito di panno bleu che le calzava come un guanto e che si addiceva a meraviglia colla tinta fresca e rosea delle sue gote. Un grosso geranio rosso, colto nel giardino del sindaco ed appuntato alla cintola del vestito, spiccava allegro sul fondo bruno della stoffa e metteva come una stonatura biricchina nella severa uniformità del vestito scuro.

Giacomo la guardava con insistenza e sentiva un desiderio pazzo ed irresistibile di stringere nelle braccia quel corpicino flessuoso.

Non era amore, ciò si comprende, era desiderio reso più pungente dall'immensa disparità degli anni, dal riserbo che fino allora si era imposto e dal contegno di Ginevra, a cui l'ingenua spensieratezza dei suoi diciotto anni congiunta ad una innata riservatezza ombrosa, dava un fascino da inebbriare.

Tutt'i preparativi essendo finiti, Geltrude salì ad indossare il tradizionale abito di seta nera. Giacomo rimase solo con Ginevra, chiacchierando ed aspettando l'arrivo degl'invitati. A Ginevra venne detto che non aveva mai veduto dei marenghi. Giacomo, che da tanto tempo ne portava sempre uno nel taschino del panciotto, lo trasse fuori per mostrarglielo.

Ginevra, dopo averlo girato e rigirato fra le dita, lo lasciò cadere per udirne il suono metallico, e mentre Giacomo si chinava a raccoglierlo, ella, scherzando, vi mise il piede sopra e disse:

«È sparito, non c'è più!».

Giacomo prese nella mano il piedino di lei e, stringendolo in modo da stritolarlo, mormorò:

«Oh! se voleste, ben altro vi darei!».

Ginevra si fece di porpora, vide negli occhi del sindaco un lampo che le fece ribrezzo e indovinò ciò che fino allora non aveva nemmeno sospettato.

Gl'invitati giunsero bentosto ed alle due si misero a tavola, tutti con un appetito formidabile e disposti ad onorare il lauto pranzo che l'ospite aveva loro imbandito.

Nei pranzi di campagna si mangia molto e si chiacchiera poco, tantoché le portate si succedono le une alle altre senza interruzione; i bicchieri si colmano e si vuotano frequentemente ed in mezzo al tintinnio dei piatti che si urtano, dei bicchieri che cozzano, si ode solo di tanto in tanto qualche esclamazione di meraviglia alla vista di una nuova pietanza, qualche debole protesta delle donne se i vicini fanno loro delle porzioni troppo formidabili, qualche scherzo generalmente brutale, seguito da una risata unanime e rumorosa, a cui fanno eco anche coloro, i quali non hanno inteso.

Alle frutta il sindaco si alzò e, levando in alto il bicchiere, esclamò con enfasi:

«Alla salute del re!».

«Alla sua salute!» gridarono tutti ed i bicchieri, urtandosi, lasciarono cadere ondate di vino sulla tovaglia, sulle salviette, sui piatti, sui vestiti.

Ginevra si portò il bicchiere alle labbra e lo depose quasi pieno.

Durante il pranzo ella sentivasi triste, aveva perduta la sua bella serenità, presentiva che la simpatia e la protezione del sindaco si sarebbero bentosto convertite in odio e persecuzione. Mangiò pochissimo e gl'invitati sentenziarono che lo faceva per mostrarsi preziosa e rendersi interessante.

Finirono di pranzare alle cinque e Ginevra voleva andarsene a tutti i costi, ma proprio in quella che si aggiustava lo scialletto sulle spalle, cominciò a cadere una pioggerella fitta fitta che si convertì bentosto in un solenne acquazzone.

Fu costretta a rassegnarsi e si mise anche lei intorno alla tavola per giuocare la solita e noiosissima tombola, risorsa di tutte le riunioni campagnole. Verso le sette la pioggia cessò, ma era già completamente buio e la maestrina non poteva tornarsene a casa sola.

Giacomo propose di accompagnarla e, quantunque ella se ne schermisse, Geltrude insistette così vivamente che la fanciulla si vide obbligata ad accettare per non far nascere sospetti con un rifiuto ostinato ed inconcepibile.

Quando furono in istrada Giacomo le offrì il braccio e rimase in silenzio durante tutto il tragitto, tantoché Ginevra cominciò a sperare di essersi ingannata; ma, arrivati in casa, Giacomo entrò e, dopo aver accesa la candela con un cerino, rimase fermo, guardando fissamente la fanciulla ch'era assalita di nuovo da tutt'i suoi timori e che tremava come una foglia.

«La ringrazio tanto tanto, signor sindaco, ora non ho proprio più bisogno di nulla!».

Ma Giacomo sedette e finse di non comprendere che la fanciulla lo licenziava.

«Vi faccio dunque molta paura, Ginevra! Eppure non vi voglio male!».

«Paura? No davvero, sarebbe come se avessi paura del mio papà!».

«Sono molto vecchio lo so, ma Ginevra, sentite, io ho bisogno di finirla. Voi mi avete stregato!».

«Lei scherza!».

«Oh! no, non ischerzo!» disse lui animandosi ed incapace di frenarsi più oltre.

L'incidente della mattina, il vino bevuto che gli scaldava il sangue e gli annebbiava leggermente le idee, il trovarsi solo di notte colla giovinetta in quella stanza fiocamente illuminata dalla candela, tutto contribuiva ad esaltarlo ed a togliergli la ragione.

Ginevra, spaventata dall'espressione strana che il viso di Giacomo veniva assumendo, volle chiudersi nella sua stanza; ma egli, indovinandone l'intenzione, le sbarrò il passo e se la strinse al seno sollevandola come una piuma.

«Mi lasci, mi lasci» supplicava lei, colla voce strozzata dall'emozione, ma egli reso frenetico, non l'ascoltava ed aveva preso a baciarla furiosamente sui capelli, sul collo e sulle guancie. Gli sforzi stessi che Ginevra faceva per isvincolarsi lo irritavano e gli davano le vertigini.

«Cara, cara» mormorava affannoso «abbi pietà di me, non vedi che divento matto?».

Con uno sforzo disperato ella giunse a guizzargli dalle braccia e, rapida come un lampo, corse nella sua stanza e vi si chiuse al buio.

Giacomo seguitava a supplicarla, invocandola coi nomi più dolci e le parole più appassionate, mentre lei, non paga di aver chiuso la porta col chiavistello, vi trascinava davanti il tavolino, le seggiole, la valigia, tutto ciò che le capitava sotto le mani.

La vecchia intanto, che dormiva nel piano superiore, fu destata da tutto quel baccano e gridò dal letto:

«Signora maestra, che succede dunque?».

«Scenda, scenda!» gridò Ginevra, sperando che la presenza della vecchia decidesse il sindaco ad andarsene finalmente.

Giacomo difatto tornò subito in sé e, temendo di venire sorpreso in quella situazione brutta e ridicola, uscì rapidamente, tantoché quando la vecchia discese egli non era più là.

«Vergine santa, ditemi che cosa è stato!».

«Siete sola?» domandò Ginevra, sempre barricata nella sua stanza.

«E con chi volete ch'io sia?».

«La porta di casa è ben chiusa?» insistette la fanciulla.

«È chiusa, ma ditemi almeno di che si tratta!».

«Mi era parso di sentire del rumore ed ho avuto paura» rispose Ginevra che non voleva mettere la donna a parte del suo segreto.

«Santa Vergine, valeva proprio la pena di farmi alzare per così poco» borbottò la vecchia e se ne tornò a letto.

All'indomani Giacomo ebbe l'audacia di presentarsi ancora; ma Ginevra, resa brutale dal vivissimo desiderio di liberarsene, gli disse:

«Rammenti che, qualora la scena ridicola di ieri sera dovesse rinnovarsi, mi volgerei all'ispettore, narrandogli come lei, vecchio e sindaco, osi insultare una ragazza senza protezione, una maestra che da lei dipende!».

«Ginevra!» interruppe lui fremente.

«Mi chiami signorina e non mi secchi più colle sue visite!». Ciò detto gli voltò le spalle, lasciandolo pallido di collera per la dura lezione ricevuta.

Da quel giorno tutti si volsero contro la povera fanciulla. Il sindaco cominciò prudentemente ad insinuare ch'egli erasi ingannato nel giudicare favorevolmente la nuova maestra, il parroco rincarò la dose delle sue calunnie e, siccome il medico assunse un giorno la difesa della giovinetta, vi fu taluno che asserì di averlo veduto uscire a notte fatta dalla casa della maestra, la quale col medico non aveva mai scambiato più di dieci parole.

Perfino i ragazzi che frequentavano la scuola si credevan lecito di trattare la maestra dall'alto al basso, ed una volta che Ginevra rimproverò acerbamente uno dei più grandi, perché le aveva mancato di rispetto, dicendole una impertinenza grossolana, quegli rispose senza scomporsi:

«Lo ha detto anche la mamma».

La vita di Ginevra era divenuta insopportabile. Tolte le ore di scuola ella stava sempre sola nella sua stanza a leggere, a lavorare, a piangere il più delle volte. Quelle piccole persecuzioni a colpo di spillo l'avvilivano e le toglievano il coraggio. L'accanimento del sindaco le dava una triste esperienza della vita, mostrandole che non basta esser virtuosi per essere rispettati e che la virtù è nelle donne una colpa che gli uomini difficilmente perdonano.

Un giovedì Ginevra faceva scuola, ripetendo macchinalmente le stesse cose e lasciando che gli alunni si sbizzarrissero a piacer loro. Era tristissima e domandavasi con terrore se tutta la sua gioventù sarebbesi appassita in mezzo a quelle pareti nude e ingiallite, se tutta la sua esistenza sarebbe trascorsa in quel paesello pettegolo e andava mentalmente ripetendo i versi del Leopardi:

Qui passo gli anni, abbandonata, occulta,

Senz'amor, senza vita, ed aspra a forza

Tra lo stuol dei malevoli divengo!

In quella si aprì la porta che dava sulla strada ed entrò Carlo. Ginevra lo vide e gettò un grido di gioia, precipitandosi dalla cattedra e tempestandolo di domande affannose:

«Perché sei venuto? Come sta la mamma? Ed il babbo? Sei arrivato proprio adesso? Quando partirai?» e, dimenticando gli alunni lo trascinava nella propria stanza, mentre Carlo ripeteva ad intervalli:

«Ginevra! Oh! Ginevra, cugina mia!».

Quando si furono un pochino calmati Carlo guardò Ginevra e si avvide del cambiamento avvenuto in lei nello spazio di pochi mesi. Era più magra, più pallida, aveva l'occhio abbattuto ed il sorriso tristissimo.

Sederono entrambi sulla sponda del letto, tenendosi per le mani, e Ginevra narrò confusamente al cugino tutt'i suoi dolori, tacendogli solo l'episodio del sindaco.

Carlo, vinto da immensa pietà per quella fanciulla, ch'egli adorava, e che gli altri non comprendevano, commosso all'idea della notizia tremenda che veniva a recarle, cercava di consolarla con buone parole, mentre lei, confortata dalla presenza del cugino che amava come un fratello, gli si era messa vicino vicino e gli appoggiava il capo sulla spalla.

Tutti immersi nei loro discorsi non avevano osservato che al chiacchierio confuso e baldanzoso degli alunni era successo un silenzio profondo, e videro comparire inaspettatamente sulla soglia della porta il sindaco e l'ispettore.

«Brava, signorina» disse severamente quest'ultimo «ne avevo già sentite di belle sul conto suo, ma fino a tal punto in verità non l'avrei supposto».

«È mio cugino» balbettò Ginevra confusa, poiché comprendeva che le apparenze erano in quel momento contro di lei.

«Fosse anche suo padre, lei durante le ore di scuola deve occuparsi esclusivamente de' suoi alunni. Altronde il signor sindaco mi ha già parlato di lei e so benissimo cosa pensarne».

Ginevra lanciò su Giacomo uno sguardo d'indicibile disprezzo ed ebbe per un istante la tentazione di smascherarlo, ma, pensando che forse non l'avrebbero creduta, si limitò a rispondere:

«Il signor sindaco deve certamente conoscermi e giudicarmi meglio di qualunque altra persona».

L'ispettore che non comprese questa frase a doppio senso, credette che la maestra avesse voluto dargli una lezione, e s'inviperì più che mai:

«Rammenti che lei parla ad un superiore e che, quando si abbandonano in classe i propri alunni per chiudersi in camera con un cugino, si deve per lo meno avere il buon senso di sopportare i rimproveri senza discutere».

«L'essere mio superiore non le dà il diritto d'insultarmi» rispose Ginevra, resa audace dalla propria innocenza.

Carlo che fino allora aveva taciuto, per paura di dir troppo e compromettere la cugina, non potette più stare alle mosse e, forzandosi di parer calmo, disse all'ispettore:

«Per giudicare una persona ci vogliono almeno delle prove».

«Ne ho una e mi basta!».

«Va bene, in tal caso mia cugina verrà subito via con me questa sera».

«Non è lei che se ne va, siamo noi che la cacciamo!».

Carlo che schizzava fuoco dagli occhi stava per ribattere le dure parole dell'ispettore, ma Ginevra lo trattenne, dicendogli:

«Il signore ha in parte ragione e non è sua la colpa delle mie disgrazie. D'altronde la residenza in questo paese mi era divenuta insopportabile e l'incidente di oggi ha solo affrettato ciò che presto o tardi doveva accadere» .

Giacomo stava sui carboni ardenti. Temeva che Ginevra parlasse, e poi non avrebbe voluto condurre le cose a tal punto, perché aveva sempre nutrita la secreta speranza di vincere finalmente Ginevra colle persecuzioni, non avendo potuto convincerla colle lusinghe. Disse adunque con tono conciliativo:

«Non è necessario prendere tali risoluzioni precipitose. La condotta della signorina è stata biasimevole, ma il signor ispettore ed io non vogliamo rovinarla, e potrebbe darsi che la lezione di oggi la consigliasse a ravvedersi».

«La ringrazio, signor sindaco, ma non mi ravvederò mai» rispose Ginevra con ironia «ed è meglio per tutti farla finita».

«Lo credo io pure» concluse seccamente l'ispettore, e se ne andò con Giacomo lasciando i due cugini a fare i preparativi della partenza.

Ginevra era quasi lieta dell'accaduto. Sarebbe tornata a casa, avrebbe riveduto il babbo, riabbracciata la mamma, e ciò la compensava di tutto.

Carlo invece era preoccupatissimo.

Il diverbio coll'ispettore avevagli fatto per un momento dimenticare la sventura che doveva partecipare a Ginevra; ma era urgente dirle tutto e non sapeva con quali parole attenuare la gravità della notizia.

«Perché stai così serio» chiese Ginevra «si direbbe che ti spiace di condurmi via».

Carlo crollò leggermente il capo senza rispondere.

«Figurati la mamma come sarà contenta! Non se l'aspetta davvero, povera mamma».

«La mamma è un po' ammalata» balbettò Carlo.

«Ammalata!» esclamò Ginevra, spiegandosi d'un tratto il perché dell'improvvisa venuta del cugino. «Molto ammalata non è vero?».

«Sì, molto ammalata, mia povera Ginevra».

«Carlo, Carlo» gridò lei, tremando d'indovinare la verità «Carlo, tu non mi dici tutto!».

Egli tacque.

«Ma dunque la mamma?» e gli sollevò con una mano il mento che egli teneva inchiodato sul petto.

Si guardarono per un secondo, gli occhi di lei sbarrati, interrogando ansiosamente, gli occhi pietosi di lui confermando la trista verità.

Ginevra, quantunque avesse perfettamente compreso, rimase qualche minuto come istupidita, si passò due o tre volte la mano sulla fronte, eppoi mise uno strido acutissimo, e ruppe in singhiozzi, ripetendo frasi incoerenti, chiamando insistentemente la mamma, quasi che le sue invocazioni possedessero la virtù di farla rivivere.

Il cugino, seduto vicino a lei, non aveva il coraggio di volgerle la parola, e aspettava che la violenza stessa del dolore facesse succedere un istante di calma.

«Ginevra» diss'egli finalmente «tuo padre ti aspetta, vogliamo partire?».

Ella accennò di sì e lasciò guidarsi come un automa, tenendo il fazzoletto sugli occhi ed appoggiandosi al braccio del cugino.

I buoni abitanti del paese, già istruiti di quanto era avvenuto nella scuola, si fecero tutti sulla porta per veder partire la maestra e sentenziarono ch'ella fuggiva coll'amante e che teneva il fazzoletto sul viso per la vergogna.

Con tali criteri si giudicano talora uomini e cose.

IV

In diligenza parve che Ginevra si fosse un pochino calmata, ma, appena saliti in treno, ella dette nuovamente in un pianto dirotto dicendo:

«Almeno avessi potuto vederla un'ultima volta!».

Allora Carlo le narrò minutamente com'erano andate le cose.

Maddalena accusava già da qualche tempo un malessere indefinito che le toglieva il sonno, l'appetito e perfino la voglia di lavorare, ma tutti attribuivano la sua tristezza alla lontananza della figliuola, e non se ne davan pensiero, finché il sabato precedente si mise a letto con una febbre violentissima.

Il medico aveva dichiarato ch'era cosa di lieve importanza, ma all'indomani la febbre era aumentata, e 12 ore dopo la poveretta era morta. Carlo aggiunse ch'erasi tentato il possibile per salvare Maddalena, e ch'ella era stata amorosamente assistita da una cugina, la quale, in seguito alla disgrazia, aveva generosamente stabilito di restare con Giuseppe per custodirgli la casa.

Quando arrivarono, Ginevra si gettò tutta piangente nelle braccia del padre, il quale versò qualche lacrima, disse molte parole in lode della morta e propose infine di mangiare qualche cosa.

Ginevra non toccò cibo e, quantunque completamente assorta nel proprio dolore, osservò che la cugina faceva già con molta disinvoltura gli onori di casa e si ricordò confusamente di una scena violenta avvenuta molti anni addietro tra il babbo e la mamma a proposito di Margherita. Andò a coricarsi e si addormentò subito, affranta dalla stanchezza e dalle emozioni, ma nello svegliarsi sentì più acuta l'amarezza della perdita fatta e pianse lungamente, richiamandosi alla memoria tutt'i particolari degli ultimi giorni trascorsi in quella povera casuccia che la presenza della mamma abbelliva e rendeva allegra. Ripensava alle illusioni della povera morta, ripeteva sottovoce le frasi che le erano abituali, chiudeva gli occhi per vederla ancora e le pareva impossibile che fosse morta davvero e che non dovesse rivederla mai più.

Fin dal primo giorno si avvide ch'ella era ormai considerata come una estranea in quella casa. Margherita faceva e disfaceva a suo talento senza il menomo riguardo verso di lei, e Giuseppe si mostrò addirittura brutale, quando seppe che Ginevra non poteva più tornare a fare la maestra.

«Che farai tu qui?» le aveva detto «non puoi mica pretendere di vivere come una signora senza far nulla!».

«Non dubitate, babbo, Iddio mi provvederà. Desidero anch'io di andarmene ché mi fa troppo male star qui dove ha vissuto la mamma, e vedere che tutti l'hanno già dimenticata».

«Vorresti forse ch'io piangessi eternamente?» borbottò Giuseppe alzando le spalle.

«Bisognerebbe non aver altro da fare» osservò malignamente la cugina.

Ginevra non rispose punto e si chiuse nella sua stanza per piangere liberamente.

Carlo erasi allontanato dopo la morte di Maddalena e non mangiava nemmeno più in casa, perché soffriva nel vedere la padronanza di Margherita e l'avvilimento di Ginevra. Andava però a trovarla tutte le sere e passavano lunghe ore insieme a parlare del passato ed a formare mille progetti per l'avvenire. Carlo adorava la cugina, ma sentivasi tanto umile, tanto piccino al suo confronto, indovinava una sì completa indifferenza nelle fraterne espansioni di lei che non osava dichiararsi e limitavasi a mostrarle il proprio interesse secondandone le vedute, correndo per le agenzie nella speranza di trovarle una occupazione qualsiasi, dando e ricevendo informazioni, aspettando risposte che non venivano o venivano tardi e in senso negativo.

Finalmente una sera egli recò a Ginevra la notizia, che una ricca famiglia milanese desiderava tenere in casa una maestra pei bambini.

Le condizioni erano buone, le indicazioni date al commissionario combinavano coll'età, la condizione e i titoli posseduti da Ginevra, onde v'era da sperare che tutto sarebbesi combinato.

Difatto le trattative vennero condotte per lettera rapidamente, ed in capo ad una settimana tutto era stato discusso e concluso.

I nuovi padroni di Ginevra la sollecitavano ad affrettare la partenza, ed ella dal canto suo desiderava vivamente di abbandonare quella casa che non poteva più considerare come sua, onde i preparativi vennero sbrigati colla massima rapidità.

La mattina della partenza Carlo e Giuseppe l'accompagnarono alla stazione, il primo colla morte nell'animo, ma sereno in volto per non attristare la cugina, il secondo triste in apparenza, ma in realtà molto soddisfatto di sbarazzarsi di Ginevra, la quale non avrebbe mai potuto intendersela con Margherita ch'egli intendeva di sposare.

Anche questa volta il viaggio riuscì piacevole a Ginevra. L'idea di vedere nuove cose, l'orgoglio di bastare a sé stessa, la speranza di rendersi utile e cara alla famiglia che l'aspettava, tutto contribuiva ad allietare la fanciulla ed a renderla confidente nell'avvenire.

Giunta a Milano Ginevra credeva di trovare qualcuno alla stazione, ma l'ora essendo già inoltrata, non si meravigliò molto che nessuno stesse ad aspettarla e, salita in vettura, si fece condurre in una modesta locanda per passarvi la notte.

All'indomani mattina uscì verso le dieci ed a forza d'indicazioni giunse a raccapezzarsi ed a trovare la dimora dei padroni che abitavano un vasto appartamento di un imponente palazzo. Quando il servo andò ad aprire Ginevra rimase meravigliata nel vedere l'anticamera piena di fiori, di piante, di gingilli in modo da somigliare ad uno splendido salotto.

Ginevra dette al servo il proprio biglietto, pregandolo di consegnarlo alla signora e, trascorsi pochi minuti, il servo tornò dicendo che la signora aveva da due giorni telegrafato alla signorina per avvisarla che si era già provveduta di altra maestra.

Ginevra diventò smorta in viso e, credendo di non avere ben compreso, si fece ripetere l'ambasciata.

«Ma io non ho ricevuto nessun telegramma».

Il servo si strinse nelle spalle.

«Non potrei almeno parlare colla signora?» chiese Ginevra supplichevole.

Il servo, un buon diavolo di giovanotto, rimase commosso dall'agitazione che leggevasi sul volto della fanciulla e si decise di partecipare alla signora il desiderio di lei.

La signora stava col marito a prendere il thè nel salotto da pranzo e rispose impazientemente di non aver nulla da aggiungere a quanto aveva già detto, ma il marito le fece osservare ch'era meglio dare esplicite spiegazioni per evitare noie ulteriori, e Ginevra venne introdotta.

La figura gentile, la semplicità elegante del vestito, l'aria timida e smarrita del volto le conciliarono subito la simpatia del padrone di casa, ma la signora non la guardò nemmeno e, colla fredda cortesia che hanno le grandi dame quando trattano con persone di molto inferiori a sé, le disse:

«Voleva risparmiarle una spiegazione dolorosa, signorina, ma, giacché la desidera, le dirò francamente che mi sono giunte pessime informazioni dal paesello ov'ella è stata per parecchi mesi».

«Ma la signora mi scrisse che tutto era combinato e m'ingiunse di partire!».

«Allora non sapevo ciò che so oggi. D'altronde confesso di essere stata troppo corriva e mi spiace davvero di averla inutilmente disturbata».

Quest'ultima frase sembrò ironica e crudele al marito che, fissando in volto Ginevra, avvedevasi di quanto soffriva la povera fanciulla, onde, voltosi alla moglie, chiese:

«Sei certa che le informazioni ricevute sul conto della signorina sono veritiere?».

«Sono calunnie» esclamò Ginevra con forza «sono calunnie!».

Quand'anche la signora avesse provato per Ginevra un senso di compassione, la simpatia che il marito dimostrava alla maestrina sarebbe bastata a rendergliela insopportabile, onde concluse seccamente:

«Sarà benissimo, signorina, ma a quest'ora ho già in casa un'altra maestra!».

Ginevra, comprendendo l'inutilità d'ogni preghiera, chinò il capo in segno di commiato ed uscì.

«Eppure giurerei ch'è una buona ragazza» disse il marito.

«Può essere» rispose la signora «ma non mi piace punto» e non ci pensarono più.

Ginevra uscì di quella casa colla morte nell'animo. La gente che passava o affaccendata od allegra le faceva pensare che in quella grande città, in mezzo a tanta folla non v'era nemmeno una persona a cui potesse rivolgersi per protezione e consiglio nell'orribile posizione in cui si trovava. Camminò lungo tratto a casaccio e fu costretta infine di salire in una vettura.

Giunse all'albergo colla testa confusa e le gambe che le si piegavano; salì in fretta nella sua stanza, e si gettò su di una poltrona, decisa a riflettere freddamente su quanto le convenisse di fare.

Estrasse il denaro dal borsellino, non le rimanevano che due carte da dieci lire e pochi spiccioli, nemmeno la somma sufficiente per tornarsene a Roma. D'altra parte questo era l'ultimo partito a cui si sarebbe appigliata.

Tornare a Roma perché?

Esigere nuovi sacrifizi dal cugino?

Sottoporsi di nuovo ai rimbrotti del padre ed agli sgarbi di Margherita?

Non se ne sentiva il coraggio e, qualora l'avesse tentato, sarebbe stata tollerata per qualche tempo, eppoi avrebbe dovuto tornar da capo. Quanto ad un posto di maestra non era più il caso di pensarci. Il fatto della mattina dimostravale evidentemente che il sindaco e l'ispettore le avevano dichiarato una guerra ad oltranza.

Si affacciò alla finestra ed ebbe per un momento la tentazione di gettarsi nella strada e farla finita, ma se ne ritrasse subito e disse ad alta voce:

«No, voglio lottare fino all'ultimo. Ci sarà poi sempre tempo!».

Suonò il campanello, si fece portare da pranzo in camera, chiese l'indirizzo di un'agenzia e vi si recò appena mangiato.

«Che posto desidera, signorina!» domandò premurosamente il commissionario, un buon uomo sui quaranta, cordiale e chiacchierone.

«Bambinaia, governante, maestra, cameriera, sono disposta a tutto, purché io possa combinare subito!».

«Vediamo il registro. Una vecchia signora cerca una dama di compagnia; un vedovo chiede una governante per due bambini. Le condizioni sono eccellenti in ambi i casi; ma si esigono le più ampie informazioni e le spiegazioni più minuziose».

«Non è il mio caso» rispose bruscamente Ginevra.

«Vi è un signore celibe; un colonnello in ritiro che desidera una governante giovane e di bell'aspetto. E disposto a chiudere un occhio sui precedenti, ma ...».

«Ebbene?».

«Non voglio ingannarla ragazza mia, ne ho mandate quattro, e nemmeno troppo schifiltose a quanto pareva, eppure, dopo una residenza più o meno breve si sono tutte licenziate».

Ginevra arrossì ed accennò colla mano che proseguisse.

«Vediamo, vediamo» disse il commissionario, fermandosi ad un tratto sulla seguente annotazione che lesse ad alta voce:

«Signore scapolo desidera una cameriera pel governo della casa. Si esige una relativa educazione. Onorario da convenirsi». Seguiva il nome e l'indirizzo.

Ginevra esitò! Far la cameriera ed in casa di uno scapolo le sembrava enorme, onde pregò il commissionario di guardare ancora se ci fosse qualcosa di meglio.

Questi, dopo avere sfogliato inutilmente tutto il registro, insistette perché la fanciulla accettasse ciò che la buona fortuna le presentava. Altronde quando la necessità s'impone non è il caso di avere tanti scrupoli, consigliava l'agente e, qualora non ci si trovasse bene, sarebbe sempre a tempo di venirsene via.

Ginevra spinta dall'urgenza di collocarsi e mezzo stordita dalle parole del commissionario, si lasciò indurre a farsi condurre subito in casa del signor Ercolani che abitava poco lontano.

Andò ad aprire un vecchio servitore che aveva l'incarico di accudire alle faccende più grossolane della casa, e che introdusse Ginevra ed il commissionario nel gabinetto del padrone.

Rodolfo Ercolani era un giovanotto sui trentacinque anni, alto, elegante, dalla fisionomia un po' severa, lo sguardo acuto ed il sorriso ironico. Della vita aveva tutto studiato, tutto goduto, tutto sofferto, onde, malgrado le molte occupazioni e le moltissime distrazioni, veniva assalito talora da una noia profonda di tutto e di tutti.

Non era cattivo.

Facile ad esaltarsi, facile a dimenticare, rideva oggi di quello che ieri gli aveva forse strappato una lacrima e ciò senza ostentazione di cinismo o di sentimentalismo.

Esprimeva sempre ciò che sentiva e sembrava nobile, perché possedeva una natura di artista fine ed impressionabile.

Rodolfo fissò in volto Ginevra e le domandò:

«Sei milanese?».

«Nossignore, sono romana».

«E come dunque ti trovi qui?».

Il commissionario venne in aiuto della fanciulla, inventando con molta disinvoltura una storiella commovente.

Ginevra tentò di protestare; ma non ne ebbe il tempo, poiché il commissionario concluse in via di perorazione:

«Il signore può ciecamente fidarsi delle informazioni da me assunte (la conosceva da un'ora appena) e son certo che la ragazza riuscirà un'ottima cameriera».

Rodolfo non credette punto alle proteste dell'agente, ma era seccato di veder sempre nuovi visi e decise di prendere la ragazza anche perché gli sembrava abbastanza bruttina.

Difatto Rodolfo, che si conosceva, non aveva mai osato prendere in casa una cameriera piuttosto bella, poiché il giovane signore sapeva benissimo che innanzi ad un bel visino avrebbe finito coll'obbedire anziché comandare.

Dopo una breve discussione tra Rodolfo ed il commissionario venne fissato che Ginevra resterebbe lì addirittura, e che l'agente stesso si prenderebbe l'incarico di andare all'albergo per ritirare la valigia di Ginevra.

Rodolfo chiamò il servo, gl'ingiunse di far conoscere alla fanciulla le abitudini e la disposizione della casa e si rimise a scrivere.

Ginevra si trovò subito ad agio in quella casa elegante ed all'indomani mattina si dette attorno per assettarla, che in verità ve n'era proprio bisogno.

Cominciò dalla stanza di Rodolfo e non poté fare a meno di sorridere nel vedere il disordine che vi regnava. Pettini, spazzole, spazzolini, cerette pei capelli, cosmetici per la barba stavano alla rinfusa sul tavolo di toilette, mentre nel cassettone erano accatastati guanti e mutande, cravatte e camicie da notte, colli, calze, fazzoletti, bigliettini sgualciti, fiori appassiti e pezzi di sigaro.

Ginevra riordinò tutto con esattezza scrupolosa, ripiegò i calzoni ed il soprabito che stavano ammucchiati su di una seggiola, socchiuse la finestra, rialzò graziosamente le cortine e spazzolò i mobili in modo da renderli lucidi come fossero nuovi.

Rodolfo rincasando andò direttamente nel salotto da pranzo, e vide che Ginevra stendeva allora la tovaglia, onde le disse con rudezza:

«Che hai fatto dunque tutta la mattinata per ridurti a preparar la tavola a mezzogiorno? Bada che intendo trovar sempre tutto pronto quando torno a casa».

Ginevra tacque e Rodolfo, quando entrò in camera, comprese che la ragazza non era rimasta inoperosa e si pentì quasi di averla rimproverata.

V

Era già un mese che Ginevra trovavasi presso Rodolfo e, quantunque egli non fosse punto disposto all'indulgenza, non aveva mai avuto occasione di muoverle il menomo rimprovero.

Ella studiavasi di prevedere e prevenire tutt'i desideri di lui, e ciò senza quell'affannarsi proprio delle persone che intendono far valere ad ogni costo l'opera loro e che invece ne sminuiscono il pregio.

Rodolfo era contentissimo di lei, ma non glielo diceva e non glielo dimostrava. Era soddisfatto di trovarla così seria, attenta, premurosa e soprattutto gli piaceva quando, ritta innanzi a lui, colle mani intrecciate, la testa leggermente inclinata sulla spalla destra e gli occhi spalancati, ascoltava attenta i suoi ordini, annuendo ad ogni poco con un leggero cenno del capo. Anzi parecchie volte si divertiva a darle, con aria di serietà, ordini inutili o già ripetuti per vederla in quella posa umile e buona che tanto bene armonizzava colla fisonomia dolce e la personcina gentile della fanciulla.

Una mattina Rodolfo si rammentò ad un tratto che nel gilet indossato il giorno innanzi aveva lasciato venti franchi in oro.

Tolse il gilet dall'attaccapanni, ne frugò accuratamente tutte le tasche e non vi trovò nulla. Gli balenò il sospetto che Ginevra avesse potuto appropriarsene, suonò violentemente il campanello, ed al servo che si presentò, ingiunse di chiamare la cameriera.

La fanciulla, quando ebbe inteso di che si trattava, disse, calma e cortese come di consueto:

«Forse il signore le avrà perdute!».

«No, sono certissimo di averle lasciate qui nella tasca!».

«In tal caso si troveranno senza dubbio» rispose Ginevra, non supponendo nemmeno che Rodolfo osasse sospettare di lei.

Rovistò per tutto, frugò nei cassetti, guardò in terra, sotto i mobili e sempre inutilmente.

Rodolfo, che credeva notare un certo turbamento, sotto l'apparente calma della fanciulla, e che veniva perdendo la pazienza mano a mano che le ricerche riuscivano infruttuose, disse:

«È inutile che ti affatichi tanto a cercare. Forse tu sai già dove sono le venti lire».

«Io?» rispose Ginevra, senza comprendere ancora.

«Il ragionamento è semplicissimo. In casa siete solo tu e Giovanni, e siccome non posso assolutamente dubitare di lui, così dubito di te».

Ginevra arrossì ed impallidì successivamente. Avrebbe tutto preferito a quell'insulto che Rodolfo le gittava in faccia.

«Dunque il signore crede ch'io sia una ladra?» domandò con voce tremante di dolore e di collera.

«Ho sempre chiamato con questa nome le persone che si approfittano della roba altrui. Credi tu ch'io lasci impormi dalle tue arie di duchessa? Breve. O quando torno hai trovato le venti lire o ti caccio oggi, su due piedi».

Ginevra, colle mani appoggiate alla spalliera di una seggiola, aggrottò le sopracciglia e non rispose, mentre Rodolfo se ne andava, chiudendo con forza la porta dietro di sé.

Aveva già discese tutte le scale, quando incontrò il commesso di un libraio che gli portava alcuni libri comperati il giorno precedente. Si sovvenne allora come aveva impiegate le venti lire e provò un acuto rimorso all'idea di avere offesa quella povera giovanetta tanto buona e dignitosa. Prese i libri e salì di nuovo per ispiegare a Ginevra come stavan le cose.

La trovò nella sua stanzetta che piangeva amaramente e rimase commosso nel vederla tutta in lagrime.

«Non piangere, Ginevra, io sono uno smemorato e non rammentavo di avere spese le venti lire».

Per quanto cercasse di farsi violenza Ginevra non giungeva a trattenere il pianto mentre egli avrebbe pagato qualsiasi cosa, pur di vederla serena e consolata.

«Via smetti, bambina, mi fai dispiacere ad appassionarti così» disse Rodolfo quasi in tono supplichevole e le stese con espansione ambo le mani.

Ginevra, sorridendo fra le lagrime, gli stese la manina piccola e magra ch'egli strinse forte ed a lungo.

Era la prima volta che Rodolfo entrava nella cameretta di Ginevra.

L'ordine, la nettezza, quella specie di eleganza che una donna gentile può avere sempre intorno a sé e che si ottiene colla disposizione degli oggetti, colla maggiore o la minore intensità della luce, con que' piccoli nonnulla da cui le donne sanno trarre partito, produssero su di lui una vivissima impressione.

Stava per dirgliene qualche cosa, allorché lo sguardo gli cadde su di un vecchio ritratto ad olio, fatto molti anni indietro e relegato in quella stanza, perché riuscito male e poco somigliante. Il ritratto era appeso alla parete e coperto dallo scialletto bigio di Ginevra.

«Perché hai coperto quel ritratto?».

Ginevra sorrise e chinò il capo.

«Ti faccio paura anche in effige? È ben vero, che sono cattivo con te, ma il mio ritratto non ci ha che vedere».

«Oh! non è questo» rispose Ginevra imbarazzata.

«Perché allora?».

«Perché mi dava soggezione. Pareva che stesse sempre lì a guardarmi ed io l'ho coperto».

Vi era tanta ingenuità nelle parole della fanciulla ed in quel momento ella era così graziosa colla fisionomia animata da tante diverse emozioni, che Rodolfo provò una viva tentazione di abbracciarla, ma si rattenne e si limitò a stringerle nuovamente la mano prima di andarsene.

«Eppure è buono tanto! » disse Ginevra facendosi alla finestra per vederlo ancora nella strada.

«Eppure è tanto carina!» disse Rodolfo, ed alzò il capo, quasi indovinando che lei stesse lì ad aspettarlo.

Sorrisero entrambi. Egli la salutò, togliendosi il cappello, ella si ritirò grata e commossa per quell'atto cortese di deferenza.

A poco a poco Rodolfo cominciò a provare un'attrazione irresistibile verso la giovane cameriera. Si meravigliava di averla giudicata brutta, scopriva in lei sempre nuove qualità che non avrebbe mai supposto di trovare in una ragazza di quella condizione. Un giorno, per esempio, la sorprese che stava scrivendo su di un pezzo di carta alcune frasi senza scopo; le strappò il foglio di mano e restò sorpreso, vedendo che le idee erano giuste, lo stile corretto, la calligrafia elegante. Un'altra volta volle regalarle un anellino, ed ella rifiutò con tanto garbo ch'egli rimase lì, rigirando l'astuccio fra le dita, peritoso e confuso, come si trovasse alla presenza di una regina.

Erasi proposto di studiare il carattere di Ginevra, ma accadde a lui ciò che accade sovente al critico, il quale stabilisca di analizzare qualche bel libro. Dopo poche pagine l'artista s'impadronisce del lettore e questi dimentica lo scopo per abbandonarsi con voluttà alle impressioni che la lettura gli suscita.

Rodolfo subiva, senza saperlo, lo stesso fascino per parte di Ginevra.

Ringiovaniva e diventava allegro, quando la sentiva saltellare per la casa come una gazzella, diventava pensoso allorché vedevala passare dall'una all'altra stanza, tutta occupata nelle sue faccenduole, ed ebbe gli occhi bagnati di lacrime una sera che Ginevra gli lesse con accento vibrato una poesia abbastanza mediocre, stampata in un giornale e da lui letta la mattina stessa senza prestarvi la menoma attenzione.

In parecchie occasioni Rodolfo aveva sollecitato Ginevra di narrargli la sua storia, ma ella se ne era sempre schermita, limitandosi ad accennare la misera condizione della famiglia, la morte della mamma, la freddezza del babbo e tacendogli la professione di maestra da lei esercitata, perché temeva che Rodolfo chiedesse informazioni, le quali potessero recarle danno e sminuire la simpatia ch'egli le dimostrava.

Rodolfo stava scrivendo allora una commedia in due atti che dovevasi in breve rappresentare, e passava la maggior parte delle serate a lavorare nel proprio gabinetto, tranquillo e felice, sapendo che Ginevra era lì nella stanza attigua.

Quando la frase gli mancava, quando la situazione sembravagli falsa o stiracchiata chiamava la fanciulla con un pretesto qualsiasi e credeva, soggiogato dalla dolce superstizione degl'innamorati, che la presenza di lei bastasse a ritemprargli l'ingegno ed avvivargli lo spirito.

Trovandosi talora fuori di casa veniva assalito da un pazzo desiderio di rivedere Ginevra, da un timore puerile ed ingiustificato di non trovarla più, da un'ansia, un tormento che difficilmente giungeva a dominare. Diventava distratto, non intendeva più nulla e finiva quasi sempre coll'avviarsi affrettatamente verso casa, troncando qualunque discussione, lasciando a mezzo qualsiasi lavoro.

Ciò che pel passato lo distraeva lo annoiava adesso! Le cene allietate dallo champagne e dalla presenza di qualche beltà compiacente, le riunioni clamorose, i balli eleganti, nulla più lo attraeva.

Sempre, dovunque, tra lui ed il restante del mondo veniva a frapporsi la figurina modesta e gentile di Ginevra che lo fissava co' suoi occhi dolci e gli sorrideva, mostrando la candidezza dei dentini regolari. Tale visione lo perseguitava ed egli tentava di ribellarvisi, ma, se giungeva a liberarsene per qualche istante, ne soffriva, quasiché gli mancasse qualche cosa di necessario alla sua esistenza.

Ginevra dal canto suo provava emozioni improvvise e ingiustificate; passava con rapida volubilità dal riso alle lacrime, sentivasi vinta da una tristezza ch'ella stessa non sapeva spiegare e che non avrebbe voluto cangiare colla gioia più viva e colla più schietta allegria.

Leggeva avidamente sui giornali tutto ciò che concerneva Rodolfo, il quale, grazie alla prossima rappresentazione della sua commedia, era pervenuto ad acquistarsi una momentanea popolarità.

Un giornale aveva falsamente insinuato che Rodolfo corteggiava la bellissima prima attrice che doveva sostenere la parte di protagonista nel suo lavoro.

Ginevra ne sentì una fitta al cuore ed ella, così buona e mite, che non aveva mai odiato nessuno, nemmeno i suoi nemici, provò un acuto sentimento di odio per quella donna che, secondo lei, rubavale ogni felicità.

Nei giorni che precedettero la rappresentazione della commedia si vedevano poco, e sembrava apparentemente che si fossero a vicenda raffreddati. Rodolfo occupato e preoccupato dei preparativi e dell'esito, Ginevra torturata dalla gelosia che diventava ogni giorno più tormentosa.

La commedia fu rappresentata un sabato sera ed il giovane autore ottenne un trionfo completo ed incontrastato.

Egli, tornando fra le scene dopo la decima ed ultima chiamata del pubblico plaudente, invitò tutta la compagnia a cena per la sera successiva, e si sottrasse dalle felicitazioni degli amici, poiché gli tardava di partecipare a Ginevra il riportato trionfo.

La trovò ancora alzata, più pallida e più agitata di quanto fosse stato egli stesso durante la rappresentazione, e le descrisse con parole commosse le ovazioni ricevute. Ella ascoltavalo palpitante; ma quando Rodolfo cominciò a lodare la prima attrice, che aveva interpretato con finezza squisita la difficile parte della protagonista, Ginevra sentì darsi un tuffo nel sangue e si ritirò bentosto, dopo avere cerimoniosamente domandato a Rodolfo se abbisognava di nulla.

L'indomani fu speso nei preparativi della cena che doveva aver luogo dopo la recita. Ginevra era febbrilmente agitata. Non le dava pace il pensiero di essere obbligata a rimanere spettatrice delle premure che Rodolfo avrebbe certamente prodigato alla fortunata rivale e dovette ricorrere a tutta la sua fierezza di donna per non iscoppiare in singhiozzi quando seppe che Rodolfo aveva ordinato uno splendido mazzo di fiori da regalare alla prima attrice.

«Fatti bella» le diss'egli mentre usciva per andare ad assistere alla rappresentazione della sua commedia.

Ginevra, indispettita, propose di non cambiare nemmeno il vestito, ma poi la civetteria innata in ogni donna e più ancora il segreto desiderio di gareggiare colla rivale, la persuasero a seguire il consiglio di Rodolfo e si occupò del suo abbigliamento con cura minuziosa.

Indossò il solito abitino bleu, ancora freschissimo, perché quasi mai adoperato, e, fatte due grosse trecce co' suoi bellissimi capelli, le lasciò pendenti sulle spalle, adornandosene come una regina si adorna colla sua corona ed una milionaria co' suoi brillanti.

Rodolfo giunse prima degli altri e rimase estatico nel vederla così seducente. «Civettuola, guardati, come sei carina» le disse, conducendola innanzi ad uno specchio e, sollevando con una mano le trecce pesanti, se le passò lievemente sul viso, quasi per aspirare il delicato profumo di eliotropio ch'ella aveva l'abitudine di portare nei capelli.

Ginevra arrossì di piacere e Rodolfo, trascinato dalla passione, stava per istringerla nelle braccia, quando si udì una violenta scampanellata.

Erano gl'invitati che giungevano tutti insieme, empiendo ad un tratto la casa di rumore e di brio.

Le signore, vestite di chiaro con una profusione di nastri e di fiori, si tolsero in fretta i mantelli e si posero in coro a cinguettare intorno a Rodolfo.

La cena era pronta e tutti si assisero a tavola coll'appetito proverbiale degli artisti.

La prima attrice era una vedova di circa trent'anni, molto bella ed eminentemente civetta, di quella civetteria fine e pericolosa che quasi tutte le artiste posseggono; ma Rodolfo erasi limitato a farle una corte generica, troppo generica pei gusti e le speranze dell'attrice, la quale aspirava alla gloria di rendersi schiavo l'autore, e farsi interprete esclusiva delle commedie ch'egli avrebbe potuto comporre in avvenire.

L'Ercolani conoscendo quali doveri gl'incombevano come ospite, colmava la signora di cento piccole attenzioni, mentre Ginevra, chiusa nella sua stanza, piangeva di rabbia e di gelosia, abbandonando, lei così zelante ed attiva, il servizio al vecchio domestico e a due camerieri del caffè dove la cena era stata ordinata.

Rodolfo la cercava ad ogni poco collo sguardo, ma non osava allontanarsi per timore di farsi osservare e rendersi ridicolo.

Finita la cena, alcuni commensali, eccitati dallo champagne, proposero di fare quattro salti, e tale proposta venne accolta da tutti con entusiasmo.

Andarono in salotto, accatastarono le seggiole, obbligarono la prima amorosa di mettersi al pianoforte, e cominciarono a ballare.

Il direttore della compagnia, che aveva assai notata la preoccupazione di Rodolfo e che ne aveva in parte indovinato la causa esclamò:

«Manca una ballerina! Perché non chiami la tua cameriera, Rodolfo? E tanto graziosa quella ragazza!».

Rodolfo sarebbe volentieri saltato al collo del direttore, ma si contenne e disse, volgendosi alle signore:

«Non so se vorranno permettere!».

«Sì, sì!» risposero in coro, ad eccezione della prima attrice, ma Rodolfo, fingendo non accorgersi del suo veto, andò in cerca di Ginevra e la trascinò nella sala.

Tutti gareggiarono per fare un giro colla graziosa cameriera, finché Rodolfo non reclamò sorridendo i suoi diritti di padrone. Ginevra credette di svenire quando sentì cingersi la vita dal braccio di Rodolfo, che la trasportava come una piuma e, dopo alcuni giri, fu obbligata a chiudere gli occhi e ad appoggiare la fronte sul petto del ballerino, poiché le pareva che tutto girasse intorno a lei. Rodolfo, che se ne avvide, la strinse forte e, girando lentamente, la condusse in un angolo ov'era una seggiola vuota.

Alle tre dopo la mezzanotte gl'invitati mostrarono il desiderio di ritirarsi, e la prima attrice disse bruscamente a Rodolfo:

«Spero che mi accompagnerete a casa, perché a quest'ora mi e impossibile di andar sola!».

Rodolfo s'inchinò, mentre Ginevra impallidiva, quasiché l'attrice avesse avuto intenzione d'insultarla dicendo quelle parole.

Quando tutti furono partiti, Ginevra andò a coricarsi colla certezza di non dormire, poiché la torturava il pensiero che Rodolfo avrebbe potuto trattenersi a lungo in casa dell'attrice; ma il dubbio fu breve, ché lo sentì tornare dopo mezz'ora appena. Ella spense il lume, acciocché Rodolfo non si avvedesse che vegliava ancora, e ringraziò Iddio con fervore, come se il ritorno di Rodolfo le avesse ridata la vita.

La mattina Rodolfo uscì di casa più presto del consueto, senza nemmeno vedere Ginevra. Egli sosteneva un'ultima battaglia fra la passione che irrompeva balda e sicura della vittoria e la ragione, che resisteva debole e vacillante. I pochi giri di valtzer fatti con Ginevra gli avevano messo la febbre addosso. Gli sembrava di stringere ancora nelle braccia quel corpicino tremante come una colomba spaurita; vedeva ancora la fanciulla, colla testa rovesciata all'indietro, battere spesso le palpebre quasi abbagliata dallo sguardo di lui; gli pareva che nei vestiti, nei guanti, nel fazzoletto gli fosse rimasto un leggero profumo di eliotropio, il profumo ch'ella adoperava costantemente. Aveva un bel ripetere a se stesso ch'era pazzo e imbecille, aveva un bell'evocare immagini di altre donne, la figura di Ginevra sorgeva trionfante, gli toglieva ogni velleità di resistenza, cancellava ogni immagine profana ed estranea alla loro passione.

Dopo aver girellato senza scopo due buone ore, tornò a casa, spinto da una forza superiore alla sua volontà.

Ginevra aveva finito allora di assestare la camera del padrone e stava ritta innanzi allo specchio, arruffandosi distratta i capelli sulla fronte.

Improvvisamente vide riflettersi nello specchio l'immagine di Rodolfo, e si voltò, mettendo un lieve grido non so se di gioia o di sgomento.

«Ginevra» disse Rodolfo, con voce vibrante d'amore. «Ginevra, fanciulla mia!» e, prendendole la testa con ambo le mani le posò le labbra sulle labbra e la baciò lungamente.

«Rodolfo!» mormorò lei con un sospiro che pareva un gemito e, vinta, affascinata, si abbandonò senza resistere.

«Devi esser mia, sempre mia, tutta mia!» le aveva ripetuto egli prima di lasciarla, baciandola ancora una volta sui capelli, e Ginevra era rimasta calma, sorridente, fiduciosa nella lealtà di Rodolfo, come nella onnipotenza di Dio.

VI

Il tempo correva veloce pei due innamorati, che passavano i giorni immemori di tutto e di tutti, quasiché vivessero in un deserto.

La domenica, allegri e spensierati come due scolari in vacanza, fuggivano in campagna, divertendosi a rincorrersi, a tenersi il broncio, a suggellare le paci improvvise con lunghi e caldi baci, a scambiarsi mille di quelle sciocchezze deliziose e di quegli sconclusionati discorsi degli innamorati che sembrano ridicoli a chi li ascolta, e valgono un poema per chi li fa.

Ginevra diceva sempre ridendo che da due mesi il cielo era azzurro anche quando pioveva, e ch'ella vedeva il sole anche se coperto dalle nubi; Rodolfo assicurava ch'era un'adorabile pazzarella, e finiva sempre per fare e pensare tutto ciò che ad essa piacesse.

Dell'avvenire non avevano mai più parlato, poiché Rodolfo evitava ogni allusione alla promessa fatta nei primi tempi del loro amore, e Ginevra non osava rammentargliela per timore di rompere, con una parola, l'incanto della sua felicità.

Da qualche tempo ella era peraltro meno tranquilla, ed alla balda sicurezza dei primi giorni veniva a poco a poco succedendo un dubbio tormentoso.

Rodolfo mostravisi sempre tenero ed appassionato verso di lei, eppure ella sentiva pesarsi sul capo un presentimento di sventura e le pareva che tra lei e Rodolfo fosse passato un leggero soffio gelato che irrigidiva l'entusiasmo dei primi giorni, rendendo le espansioni meno spontanee e cordiali.

Una domenica mattina Rodolfo trasse Ginevra vicino a sé, e se la fece sedere sulle ginocchia.

«Devo parlarti di tante cose serie» diss'egli con impaccio evidente, mentre Ginevra teneva gli occhi socchiusi e lasciavasi accarezzare dal suono delle sue parole senza preoccuparsi di comprenderne il senso.

«Mi ascolti, Ginevra?».

«Parla, Rodolfo, parla» e divertivasi a strisciare lievemente la sua gota sulla gota di lui.

«È necessario che io prenda moglie».

Ginevra, raggiante, sollevò gli occhi sul volto di Rodolfo e sorrise.

«È necessario, fanciulla mia» continuò egli, mostrando non avvedersi dell'equivoco in cui Ginevra era caduta «è necessario, e tu puoi comprendere se ciò mi dolga, ma, alla mia età, è urgente ch'io metta giudizio, e d'altra parte, Ginevra, debbo confessarti che i miei affari sono dissestati parecchio e che solo una buona dote può rimettermi in carreggiata».

Ginevra si alzò e disse colla massima freddezza:

«Va bene, me ne andrò oggi stesso».

Egli rimase tutto sconcertato. Aveva preveduto pianti, scene, furori, ed invece Ginevra non gli muoveva nemmeno una parola di rimprovero, solo si avvide che era diventata bianca come una carta e che aveva le labbra smorte e tremanti.

«Non mi dici nulla, Ginevra» insistette Rodolfo, e la prese nelle braccia, la baciò, l'accarezzò, mentre lei lasciava fare passiva ed insensibile come una statua.

«Debbo andare alla messa» disse infine con voce alterata, svincolandosi dalle braccia di Rodolfo.

«Va bene, esco io pure, ed alle due tornerò. Parleremo allora del tuo avvenire, a cui ho pensato di provvedere per mostrarti che non sono un ingrato» ed uscì, che gli tardava di sottrarsi al muto dolore della povera tradita.

Appena rimasta sola, Ginevra mise in fretta la sua roba nella valigia, depose sulla scrivania di Rodolfo l'orologio ch'egli avevale donato, e scrisse:

«Parto senza salutarti per evitare a te la noia, a me il dolore di una separazione. Mi hai regalato due mesi di felicità, e te ne ringrazio, ora mi spezzi il cuore, e ti perdono. Vivi felice!».

Trascinò ella stessa la valigia in fondo alle scale, salì su di una vettura e si fece portare dal commissionario che l'aveva collocata presso Rodolfo.

Allorché questi rincasò e si avvide della fuga di Ginevra provò un dolore intensissimo. La casa gli sembrò fredda e vuota come se una bara stesse lì a rattristarla e sentì corrersi per le guance alcuni grossi lacrimoni, leggendo la semplice e commovente letterina della fanciulla. Stette lunga pezza pensando a Ginevra, chiedendosi ove poteva essere andata, proponendosi di cercarla ed uscì a tale scopo; ma s'incontrò con alcuni amici buontemponi che lo distrassero e lo fecero indugiare fino a notte avanzata.

Quando tornò in casa era già più calmo e nello spogliarsi pensava:

«Forse è meglio così! Se quella biricchina avesse insistito avrei finito col mandare all'aria il matrimonio e sarebbe stata una pazzia! Ma prevedo che stenterò a dimenticarla, era tanto carina!».

Dopo questo elogio funebre si addormentò ed in capo a due settimane Ginevra era quasi completamente dimenticata, o se Rodolfo se ne rammentava talvolta, ciò avveniva come di una avventura sbiadita e resa polverosa dal tempo.

Ginevra era andata tutta smarrita dal commissionario, dicendo che Rodolfo si ammogliava e che a lei non conveniva di restare più a lungo in quella casa.

Il commissionario comprese a volo come stavan le cose e fu mosso a compassione nel vedere il volto costernato della fanciulla, molto più ch'egli aveva in certo qual modo contribuito a porla in quel ginepraio. La confortò, dicendole che non gli sarebbe riuscito difficile collocarla vantaggiosamente in altra maniera, e le propose intanto di ospitarla nella modesta casuccia ch'egli abitava con una sorella, rimasta vedova da poco tempo.

Ginevra accettò con riconoscenza, ond'egli l'accompagnò in casa e la presentò alla sorella, una buona e santa donna, resa anche più mite dalla morte recente del marito ch'ella adorava.

Appena si trovò sola colla sua ospite Ginevra, incapace di frenarsi più a lungo, dette in un pianto dirotto.

«Perché disperarsi così, figliuola mia, che vi è dunque accaduto!» chiedeva premurosamente la donna e Ginevra, parte lusingata dalle maniere affettuose di Maria, parte trascinata dall'irresistibile bisogno di sfogare in qualche modo il dolore che la martoriava, narrò con parole concitate e le dolci illusioni fino allora vagheggiate e l'amaro disinganno dinnanzi sofferto.

Maria l'ascoltava commossa e non sapendo con quale mezzo consolarla, la veniva accarezzando come una bambina.

Si avvide allora che la poveretta aveva la fronte ardente, le labbra aride, gli occhi luccicanti, e indovinò che la fibra delicata della fanciulla non aveva potuto resistere ad una scossa tanto impreveduta e brutale.

La consigliò di coricarsi, le accomodò le coltri con materna sollecitudine e, dopo averla teneramente baciata in fronte, la lasciò sola, sperando che un buon sonno valesse a ridonarle un pochino di calma.

Ginevra si addormentò infatti di un sonno pesante e si destò dopo molte ore tormentata da una sete ardentissima.

Fece uno sforzo per rammentare ciò che le era avvenuto e vi riuscì penosamente poiché aveva nella testa una grande confusione d'idee, sentiva negli orecchi un ronzio sordo ed incessante e le tempie le martellavano come se qualcuno la picchiasse forte sul capo. Chiamò Rodolfo due o tre volte, poscia cadde in una specie di letargo e quando Maria entrò nella stanzetta la trovò in preda ad una febbre violenta.

Fu chiamato un medico, il quale ordinò parecchi calmanti, prevedendo peraltro che la febbre sarebbe aumentata nel corso della giornata. Così avvenne, e la sera Ginevra fu presa dal delirio, nel quale evocava tutte le vicende della sua vita travagliosa.

Ora sembravale di essere ancora maestra ed ammoniva dolcemente i suoi bambini; ora volgeva il discorso alla mamma, quasiché la povera Maddalena fosse viva e presente; ora chiamava Rodolfo coi nomi più teneri e dolci ed apriva le braccia quasi volesse stringerlo al seno.

Il commissionario avrebbe voluto fare avvisato l'Ercolani di quanto succedeva, ma la sorella glielo vietò, osservando che il rimedio sarebbe stato peggiore del male.

La mattina del terzo giorno il delirio cedette, e Ginevra, comprendendo la gravità del suo stato, chiese che telegrafassero al cugino, pregandolo di partire subito per Milano.

Ella aveva di gravi torti verso il povero Carlo, ma in quel momento non se ne rammentò, come non se ne rammentò lui quando ricevette il telegramma.

Chiese al principale qualche giorno di permesso, tolse con sé una buona sommetta di danaro e partì colla prima corsa senza nemmeno partecipare la notizia al padre di Ginevra.

Quando egli arrivò la giovinetta era già fuori di pericolo ed accolse il cugino stendendogli le mani con abbandono e sorridendogli con quel sorriso dolce e buono che tanto fascino esercitava sull'animo del povero Carlo.

Ginevra aveva supplicato Maria di non far parola a Carlo su quanto era successo e questa aveva serbato il segreto, rispondendo evasivamente alle affettuose domande del giovanotto.

Durante una settimana Carlo assistette Ginevra instancabilmente, studiandone i desiderii, mostrandosi allegro per vederla sorridere, curandola con quelle cure minuziose che giovano all'ammalato più di ogni farmaco, tanto che in capo a dieci giorni Ginevra fu in grado di lasciare il letto. Carlo, dopo averle aggiustato lo scialletto sulle spalle e la coperta sulle ginocchia, trascinò una seggiola vicino a quella della cugina, deciso a parlarle finalmente del suo amore e de' suoi progetti.

«Senti Ginevra, tu non sai che tre mesi fa vinsi un terno di quattromila lire! È stata una combinazione, perché sai bene che non giuoco mai. Adesso poi guadagno cinque lire al giorno e sono quasi ricco. Io non ti ho detto mai che ti voglio bene, ma tu lo sai meglio di me ed io vorrei sposarti. Non m'interrompere, lasciami finire! So che per te ci vorrebbe un uomo più istruito di me che sono una bestia e tu sei tanto brava, ma io ti voglio bene, Ginevra, ti preparerò una bella casetta dove comanderai come una regina e saremo felici».

Un fiotto di sangue colorì il volto pallido della fanciulla che crollò vivamente il capo mormorando: «È impossibile!».

«Impossibile! Perché, Ginevra? Ti sono dunque tanto odioso che tu preferisca vivere quasi di elemosina anziché diventare mia moglie? Pensaci, Ginevra! Che cosa farai sola sola in questo mondo, così giovane e senza nessuno che ti protegga? E, se non vuoi pensare a te stessa, pensa a me che non saprei più come campare se mi mancasse la speranza di farti mia!».

Ginevra ascoltava commossa le parole del cugino e non sapeva che risolvere. Comprendeva lei pure che oramai non le restava altro partito ragionevole tranne quello di aggrapparsi all'ancora di salvezza che la Provvidenza le mandava, ma non avrebbe, neppure per acquistare un trono, voluto ingannare quel bravo e leale giovanotto che le aveva dato tante prove d'affetto».

«Dio sa, Carlo, se apprezzo l'offerta che tu mi fai e se te ne sono grata dal profondo dell'anima; ma non posso accettare, Carlo non posso!».

«Ch'io sappia almeno perché» insisteva lui ostinatamente, sperando vincerne la ritrosia e parendogli di vederla esitante.

«Ebbene, Carlo, tu mi obblighi ad una confessione molto penosa, ma preferisco arrossire dinanzi a te piuttosto che lasciarmi credere ingrata».

E qui gli narrò la sua avventura con Rodolfo, non tacendogli e non risparmiandogli nulla. Carlo sentì rimescolarglisi il sangue. Aveva tutto preveduto all'infuori di questo. Anche lei! Anche lei ch'egli avrebbe adorata come una santa! Tale rivelazione gli giungeva così nuova, così inaspettata che fu invaso da un'ira violenta contro la cugina ed avrebbe voluto stritolarla, gettarle in faccia i nomi più bassi e spregevoli.

«Lo credo bene ch'è impossibile» ripeteva, passeggiando concitatamente per la stanza «lo credo bene! Io tornerò a Roma subito, domani! Tu resterai qui e troverai qualche bellimbusto che ti prenda per cameriera. Non contare su di me, che ne ho abbastanza dei sacrifizi già fatti!...».

Ginevra singhiozzava sommessa senza rispondere ed il suo pianto scendeva al cuore di Carlo ch'era debole innanzi a quel dolore e che sentiva disarmata la propria collera dal silenzio della cugina.

Uscì, poiché temeva di cedere alla tentazione di perdonarle, ma prima di andarsene volle guardarla in viso per vedere se la rivelazione udita avesse avuto virtù di rendergli meno cara e simpatica la fisionomia di Ginevra. Oh! no! era sempre la stessa e gli piaceva sempre tanto.

Scese le scale a precipizio e, tanto per rifugiarsi in qualche luogo, entrò in una bettola vicina dove, coi gomiti puntellati su di una tavola, col mento appoggiato sui pugni chiusi, cominciò a riflettere tra il cozzare dei bicchieri ed il vociare dei bevitori.

«La colpa è dei genitori che l'hanno messa su di una falsa strada» pensava Carlo «la colpa è del governo che tiene tante scuole e crea tante maestre per farle poi morir di fame, la colpa è in parte anche mia che avrei potuto sposarla subito! Poveretta! Senza la madre, con un padre che sarebbe meglio non l'avesse, che cosa doveva fare?».

Il cuore di Carlo perorava così in favore di Ginevra, esponendo queste ed altre molte ragioni che il povero innamorato era anche troppo disposto ad accettare.

Propose di non veder Ginevra fino all'indomani per essere in grado di parlarle colla calma necessaria ed invece, dopo un'ora appena, era già in casa del commissionario.

«Ci pensi ancora a quel mascalzone?» le disse bruscamente appena entrato.

«No» rispose lei esitante «procurerò di non pensarvi più!».

«Allora ho deciso di sposarti lo stesso. Domani parto, preparo tutto, tu, appena guarita, vieni a Roma e ci mariteremo subito. Acconsenti?...» e la rudezza delle parole contrastava singolarmente col tono supplichevole della voce.

«Acconsento» rispose Ginevra con un pallido sorriso e stese la mano al cugino, chiudendo gli occhi per isfuggire alle luminose visioni del passato che la perseguitavano ancora.

Carlo e Ginevra sono maritati da tre anni ed hanno un amore di bambina che adorano entrambi. In apparenza la loro vita scorre adesso serena e tranquilla, ma non credo che siano completamente felici.

Carlo, quantunque non lo dica, rammenta spesso, troppo spesso che Ginevra ha appartenuto ad altri prima che a lui, e ciò lo rende talora sospettoso ed ingiusto.

Ginevra pensa con rimpianto a' suoi dorati sogni di fanciulla, paragona i modi bruschi del marito coll'eleganza di Rodolfo, e ciò la fa piangere furtivamente e le fa dimenticare quanta generosità siavi stata nella condotta del cugino.

La memoria del passato dura viva in entrambi ed è solo grazie alla dolcezza di Ginevra ed all'amore di Carlo che fra i due sposi non sorgono seri diverbi.

Evitano con cura ogni allusione al passato e solo una volta che il padrino della piccola Maddalena disse scherzando: «Ne faremo una brava maestrina!» Carlo dette sul tavolo un pugno formidabile, esclamando: «No, perdio!» e Ginevra giungendo le mani quasi con terrore, ripetette: «No, mai, mai!...».